Kontaktadresse nach EU-Produktsicherheitsverordnung:
produktsicherheit@fischerverlage.de

Der Frosch kommt einmal monatlich, bleibt für drei Tage und geht. Der, dem er im Hals sitzt, heißt Franz Thalmann: einst Pfarrer und verheiratet, nun aber und seit Jahren schon Lebensberater und geschieden. Zum Glück, denn beides ist ihm recht. Wenn da nicht eben jener Frosch wäre, und der heißt Thalmann Klemens und war sein Vater. Vor einem halben Jahr haben sie ihn begraben, was sie aber nicht begraben konnten, das ist das Ungeklärte, Unerlöste, das Unbesprochene zwischen Sohn und Vater. Da hilft dem Sohn nur, ihn zum Reden zu bringen, ihn, den Vater-Frosch, der sich nun von der Seele redet, was er dachte von der Welt. Und weil er sich verteidigen zu müssen glaubt, tut Franz, der Sohn, ein gleiches. In schöner Wechselrede sinnieren die beiden vor sich hin, mit Trauer und Wut, mit Scharfsinn und einem überrumpelnden Witz, der die Anfeindungen des Lebens entwaffnet.

»… ein Buch, das man weitergeben möchte an viele andere Leser.«
Hans Bender, Süddeutsche Zeitung

Markus Werner wurde 1944 in der Schweiz, in Eschlikon im Kanton Thurgau, geboren und starb 2016 in Schaffhausen. Er studierte in Zürich Germanistik, arbeitete bis 1990 als Lehrer und dann als freier Schriftsteller. Seine Bücher wurden in mehrere Sprachen übersetzt und vielfach ausgezeichnet. Er veröffentlichte die Romane ›Zündels Abgang‹, ›Froschnacht‹, ›Die kalte Schulter‹, ›Bis bald‹, ›Festland‹, ›Der ägyptische Heinrich‹ und ›Am Hang‹. Zu seinem Werk erschien der von Martin Ebel herausgegebene Band ›Allein das Zögern ist human‹.

Weitere Informationen finden Sie auf www.fischerverlage.de

Markus Werner
Froschnacht

Roman

FISCHER Taschenbuch

5. Auflage

© 2022 S. Fischer Verlag GmbH,
Hedderichstr. 114, 60596 Frankfurt am Main

© 1985 Markus Werner.
Erstveröffentlichung im Residenz Verlag, Salzburg, Wien
Druck und Bindung: BoD – Books on Demand GmbH,
Norderstedt, Germany
ISBN 978-3-596-19071-3

I

Einmal im Monat kommt er, nistet sich ein, bleibt drei Tage. Im Hals, wo sonst. Gurgle! raten Ahnungslose. Längst versucht, längst alles versucht. Er bleibt drei Tage.

Dreckfrosch.

Arg die dritte Nacht. Der weiß, daß es bald aus ist. Dehnt sich, schmarotzt mir Luft und Schlaf weg. Man muß zur Flasche greifen, sitzt, trinkt und würgt und brütet: Ich hab die schönsten Frauen aus brennenden Trümmern gerettet, schon manchem Lump ins Bein geschossen, zuweilen lieg ich im Spital, so weiß, so tapfer, vorbildlich ist mein Sterben, ein Fräulein war ich auch schon, alle elf Männer gar bald durchschaut und abgewehrt, ein Pack.

Ich kritzle und sinniere vor mich hin, wie ich's gelernt hab in vielen Kursen zu Zürich, zu Köln und zu Boston. Keine Kontrolle, wenig Kontrolle, laßt laufen, verströmt euch. Und in mir das Fröschchen, neben und mit mir der rote Genosse, vor mir Papier, wehe.

Thalmann mein Name, Franz Thalmann, geschieden im zehnten Jahr. Salü Franz, hast auch eine Vorgeschichte? Hab eine lange Vorgeschichte, geht weit zurück, doch davon vielleicht später. Bin jetzt wahrhaftig neunundvierzig, und aus dem Gleis gebracht hat mich ein Wohlgeruch, doch davon später.

Neunundvierzig. Spannkraft läßt nach, stülpst dich kaum noch um, hin die Seligkeit. Thalmann. Saufbruder, abverreckter Pfaff, Lebensberater seither, verflucht erfolgreich. An Froschtagen geschlossen, sonst aber quillt die Praxis über.

Beiläufig hier mein Ansatz. Kalte Füße sind sehr widerwärtig, und Fußschweiß ist es auch. Fast traue ich mir zu, damit ein Existenzproblem wenn nicht gelöst, so doch skizziert zu haben.

Vater ist tot, hat mich verdammt und hat mich ausgelöscht in sich. Mit seinen Kühen sprach er über alles, nicht über Franz, nicht über Franzens große Sünde. Sein Stolz war ich und später seine Schande. Ein Pfarrer, handkehrum ein geiler Weiberschnüffler, der blindlings Frau und Kind verläßt. Zuviel, zuviel für Klemens Thalmann selig.

Zum Leib: Einseinundachtzig, hager. Rotblond einst, nun galoppierend gräulich, Antlitz zum Seufzen und volloval, Brille freilich, darunter schlammgrüne Augen. Ohren klein und scharf. Nase? Knollig.

Wer anders sein will, als er ist, der tut mir leid. Sein Wunsch ist ehrenwert, doch abgedroschen. Ich formuliere tastend eine These: Die Menschenseele mit allem Drum und Dran ist serieller Kitsch. Das Innerste erwirbt sich jeder von der Stange. Nichts von Mysterium, nur Schmalz.

Mit violetten Fingernägeln kommen sie zu mir, mit originellen Kaiser-Wilhelm-Schnäuzen, abgrenzungswütig schwänzeln sie herum und fühlen sich weiß Gott wie einzigartig. Dann öffnen sie den Mund und husten Abziehbildchen aus. Und was sie spüren, wünschen, träumen, das macht sie grausam gleich und hundsgewöhnlich.

Das Unverwechselbare an dir ist deine Nase, die Kapriolen deines Herzens aber sind ein Gassenhauer. Belege später.

Was meine Arbeit obendrein erleichtert: Die strukturelle Schlichtheit dessen, was nun einmal »Beziehungsstörung« heißt. Auf wirklich leckerbissige Disharmonien werfe ich mich mit hundertzwanzig Puls.

Freilich Sternstunden!

Und freilich findet der Berater, sofern er nicht ein Simpel ist, auch ordinäre Konstellationen sehr komplex. Negierte er den Anspruch des Klienten auf anspruchsvolles Leiden, dann bliebe seine Praxis leer.

Ich war ein Bauernbub. Kein Baum wächst in den Himmel. Pompöse Bäuche, Köpfe, Seelen sind mir ewig fremd. Wenig ist hoch und heilig. Die Birne fällt und fault, kein Grund, sie zu verachten. Der Mensch tut mehr als scheißen, ohne Zweifel, doch scheißen tut er auch und in der Regel sogar lieber als zum Beispiel denken, und gleichwohl definiert er sich als Geisteswesen.

Man überschätzt sich selbst und alles. Und es ist klar, daß unter anderm diese Platitüde mich erst zum Theologen und später auch zum Anti-Theologen machte.

Empfangen in Sünden wie jedes Adamskind und geboren im vogelpfeifwarmen Februar des Jahres fünfunddreißig als zweiter Sohn des Landwirts Klemens Thalmann und seiner Gattin Gret, geborene Habisreutinger. Getauft auf den mäßigen Namen Franz und die Wanderbahn angetreten unter dem Motto: Ein Hauch nur ist alles, was Mensch heißt.

Psalm soundso.

Geschwister. Bruder Paul, farbig, gut und krumm. Anna, Lieblingsschwester, gestorben anno neunundfünfzig an Leukämie. Myrta, verheiratet, zu ihren schusseligen Kindern sündhaft mild.

Vater Klemens tot seit einem halben Jahr. Friedlich vom Melkstuhl gekippt, und wenn's euch lieber ist: gesunken.

Testament: »Daß mir der Franz nicht an den Sarg kommt.«

Zehn Jahre Groll für einen Hundesohn. Natürlich war ich am Begräbnis, Holunderblütenduft auf einem Dorffriedhof.

Mutter so lang schon tot wie John F. Kennedy. Weit weg ist sie, und ihre Sommersprossen verschmelzen mit denen meiner Ex-Frau Helen.

Und jetzt. Seit wann hat Thalmann junior den Frosch?

Seit seines Vaters Abgang.

Ich sage deutsch und deutlich und blitzdirekt: Der alte Rächer sucht mich heim von Zeit zu Zeit und kriecht in meinen Hals. Ich hab ein scharfes Ohr, ich höre, was er quakt: »Zwar bin ich tot, du aber bleibst ein Tropf.«

Man weiß, daß Pfarrer in den schönsten Häusern wohnen. Der liebe Gott will's so. Meins stand im Zürcher Unterland. Ein Riegelbau, darin der Franz mit Geige, die Helen am Spinett und bald ein Töchterlein, strohblond, mit Namen Salome. Nach der Geburt ein langes Jahr lang vorwiegend Geige und Spinett, dann Costa Brava, neun Monde drauf ein zweites Töchterlein, strohblond, mit Namen Eva.

Alles in allem eine reiche Zeit, viel Frohes, zwanglos Frommes, viel Zuneigung trotz Gummischutz, seelsorgerisch enorm auf Trab, sprühend vor evangelischer Dynamik.

Bin ich ein Trinker? Kaum. Ich wär es gern. Ich trinke, wie ich lebe: ungierig und konstanzlos.

Und ich weiß nichts. Meine Haut ist mir unklar. Was ist Feuer. Wein macht man aus Trauben, woraus sind die. Nichts wird durchschaut. Plötzlich weiß der Kühlschrank, daß er brummen muß. Gelacht ist rasch, doch Hirn und Rückenmark tun auch das Ihre, aber was. Immer schwatzen, herumseckeln, rasieren, lauter Zeug, dabei weiß keiner, was Salat ist oder Strom oder Muskelkater. »Der Tempolimite zum Durchbruch verhelfen.« Was heißt das. Ich begreife jeden, der gläubig wird, und jeden Verrückten und jede Art Demut und Flucht. Verständnisvoll haß ich das alles.

Kindergarten und Primarschule im Kaff. Lehrer Knüsel: Nehmt euch ein Beispiel am fleißigen Franz. – Unmäßig faul bin ich gewesen mein Leben lang, und ich bereu es nicht. Hingegen hab ich es verstanden, wach und geschäftig zu erscheinen, auch wenn ich schlief.

Fast jeder Mensch ist faul bis in die Knochen. Ein großes Tabu. Der Fleißige, so jedenfalls mein Eindruck, ist von Natur ein ganz besonders lahmer Hund, der sich aus purer Scham darüber fast unablässig in den Schwanz beißt. Fortschritt als Kind von Schuldgefühlen, Leistung als ein verdrossenes Produkt der Trägheit.

Sekundarschule im Nachbarkaff. Zeit der Pickel und des Grams darüber. Und lieber Gott vertilge meinen Dauerhandschweiß. Mädchen sind unerreichbar und sollten es sein. Konfirmandenunterricht, Pollutions-Panik. Hemmungen, Ängste, Blockaden, der ganze Dreck halt, der im Rückblick schöne Jugend heißt.

Hier ist kein Urteil scharf, kein Fluch vulgär genug. Die Art, wie Pubertät in unsern Breitengraden erlitten werden muß, ist schändlich, ein ganz und gar trostloses Zeugnis brutalsten Christenstumpfsinns. Von Generation zu Generation vererbt sich die verheerende Verklemmtheit kaputter Samstagabendvögler und spielt sich dummdreist auf als Leitstern der Erziehung. Kurzum, der Sünder braucht den Herrgott und dieser ihn, ich wurde fromm. Daneben Leichtathletik.

Ein Wort des Predigers, des Sohnes Davids, des Königs zu Jerusalem. »Freue dich, Jüngling, in deiner Jugend, sei guter Dinge in der Blüte des Lebens! Wandle, wie es dein Herz gelüstet, und genieße, was deine Augen erschauen!« – Welch eine Botschaft, liebe Brüder, liebe Schwestern, vor allem liebe Brüder! Was sagt uns dieses Wort, was will es uns bedeuten? Es meint, in neuer Sprache ausgedrückt: Seid aufgestellt! Schöpfungsgenuß statt Anschiß! – Ich fahre fort im Text des Predigers, des Sohnes Davids, des Königs zu Jerusalem: »Doch wisse, Jüngling, daß um all dieser Dinge willen Gott dich vor Gericht ziehen wird.«

Gymnasium. Der kleine Thalmann kommt aufs Gymnasium. Sogar Latein hat er, potz Donner. Dorflehrer Knüsel sitzt im Löwen und sagt jaja, ein heller Bursche, wach und fleißig, und Einmaleins und ABC hat er von *mir*, und seine Schwester Anna ist *noch* heller. – Was ist mit diesen Kindern? fragt Titus Feusi. Der Klemens hat doch weiß der Treu kein Gramm mehr Grütz als unsereins! – Der Klemens braucht, so ruft die Wirtin, der Klemens braucht im Gegensatz zu euch nicht sieben Schnäpse, bis er will und kann, entsprechend anders ist das Resultat.

Ich rutsche wider Willen in diesen Schüleraufsatztrott: Und dann und dann und dann. Weg mit der klebrigen Gewesenheit. Ein nächstes Glas und Themawechsel.

Frosch, ich erzähl dir was. Aus meiner Praxis, Fallstudie.

Die Frau: Super muß ich sein, sonst verlier ich seine Liebe. Der Mann: Ich muß super sein, sonst verlier ich ihre Liebe. Und beide waren ziemlich super und hatten Angst, entlarvt zu werden. Und eines Tages sprach die Frau zum Mann: Ich halte das nicht länger aus, ich bin unsuper, ich bin nicht, wie du meinst, und das zerreißt mich. Und Gleiches sprach darauf der Mann. Sie gingen auseinander, und zwar – laut Stenogramm – »damit ein jedes von uns beiden wieder zu sich finde«.

Ein Alltagsmärchen, hausbacken, wahr und mickrig. Das ist mein täglich Brot. Im Augenblick fehlt mir die Lust zur ausgedehnten Exegese. Nur provisorisch soviel: Vermischt mit süßer Muttermilch hat man dir eingeflößt den Ur-Verdacht: Liebe ist Lohn. Wer blöd herumkräht und trotzig seinen Stink zurückhält, verdient kein warmes Lächeln. Gratis ist nichts. Sei anders, als du bist: Der Schmerz der Differenz erstirbt in seliger Liebkosung. (So wird der Wunsch zum Anderssein ein obligates Seelenrequisit. Gelingt dir die Verwandlung, so spürst du manchmal, daß ein Affe aus dem Spiegel schaut. Gelingt sie nicht, so fühlst du dich als Ödling. Bedrücken tut dich beides.)

Wie reagiert der Mensch, wenn ihm ins Ohr geflüstert wird: »Ich liebe dich!«? Ungläubig. Das muß, denkt er, ein großes Mißverständnis sein. Mich liebt man nicht. – Ein Paar besteht demnach normalerweise aus zwei sich gegenseitig von Liebesbeteuerung zu Liebesbeteuerung hetzenden Angsthasen, und die Beziehung endet in der Regel dann, wenn einer nicht mehr länger schlottern will und sich ganz plötzlich provozierend heftig zu seinem fettigen Haar bekennt. (Der ganze Vorgang heißt bekanntlich »Selbstfindung« und darf – ich resümiere – verstanden werden als späte Antwort auf erkauftes Mutterlächeln.)
P. S. Ganz klar, daß eine Liebe, die erschrocken die Augen niederschlägt vor unserer Mangelhaftigkeit, uns letzten Endes dazu führt, aus purem Trotz zu rülpsen und zu winden, ein heute recht verbreiteter Selbstfindungs-Übereifer, den ich – als Mensch und Therapeut – nicht unbedingt begrüße.

Ich lüfte.

Seit der Scheidung wird wieder geraucht. Das hatte ich mir abgewöhnt gleich anfangs Ehe. Falsch, die Helen hat's mir abgewöhnt. Schätzli, hat sie gesagt, hat sie mehrmals gesagt, dein Rauch, der stinkt ein bißchen und schadet dir, bitte, verzichte, mir zuliebe. – Hoppla, hab ich gerufen, das fehlte noch, daß deine keuschen Scheißgardinen zentraler sind als meine drei vier Zigarettchen. Und deine permanente Bodenwichserei stinkt zehnmal teuflischer.

Das habe ich natürlich *nicht* gesagt und – damals – nicht einmal gedacht. Ich habe selbstverständlich *ihr zuliebe* verzichtet, ich habe *ihr zuliebe* auch dem Wein *entsagt* und meinen Konfirmanden das abgeschmackte Sprüchlein eingebleut: Man kann auch ohne Alkohol fidel sein.

Verzichte, mir zuliebe!

Herrgott im Himmel, und Franz verzichtet, und Franz ist stolz, daß Helen stolz ist auf seinen starken Willen, und Franz ahnt nicht, wie hinterhältig kriminell, wie katastrophenschwanger das Sätzchen ist: Verzichte, mir zuliebe.

Ich seh in meiner Sprechstunde nicht selten Menschen, vor allem Frauen, die vom Verzicht gezeichnet sind. Meist sind sie schmal und transparent, die Augen – gewöhnlich blau – wirken ganz leicht verschleiert, anziehend schüchtern und eine kleine Spur zu seelenvoll. Niemals sind ihre Lippen üppig, und ihre Neigung, mir recht zu geben, ist ausgeprägt. Fast nur Frauen, wie gesagt, Frauen mit Mann und Kind. Jahrelang betont zufrieden, und plötzlich harzt es. Migräne jede Woche, Ekel, Trübsinn, die üblichen Symptome des Verzichts.

»Wenn jemand mit mir gehen will, verleugne er sich selbst und nehme sein Kreuz auf sich und folge mir nach!

Und wer nicht sein Kreuz auf sich nimmt und mir nachfolgt, ist meiner nicht wert. Wer sein Leben findet, der wird es verlieren; und wer sein Leben verliert um meinetwillen, der wird es finden.«

Fragt sich, wann.

Wahrlich, ein Jesuswort mit Pfiff. Ein Ur-Rezept der Menschenführung. Man mische ein paar Messerspitzen voller Drohgebärden mit einem Teelöffel Verheißung, fertig, narrensicher. Das Menü ist gut beißen und springt – richtig gedünstet und gedämpft – auch nicht vom Teller. Auf diese Weise wird so ziemlich alles präpariert, was bockig tut und gegen ausgekochte Köche sich widerborstig sperren könnte. Kinder, Dackel, Völker. Wer nur Angst hat, steht gelähmt. Wer nur Hoffnung hat, trabt allzu spritzig. Wer aber beides hat, der kriecht.

Da kommt ein Mann in die Beratung und sagt: Potenzprobleme. Die Frau hat irgendwann, anläßlich eines Frühstücks, die ungeschickten Worte fallenlassen: Der Albert konnte viermal. Seither Potenzprobleme. Seither das Übliche. Mit Angst und Hoffnung kriecht er unters Leintuch, steht gleichsam mit der Peitsche hinter sich und denkt: Hü, Theodor! – Seither hat sich noch etwas anderes verändert. Unaufgefordert putzt Theodor die

Treppe, bringt Blumen heim und liest der Karin alle Wünsche von den Lippen. Doch fühlt er sich, sagt er, bei alledem nicht fröhlich, sondern unterjocht. Ich habe den Verdacht, sagt er, daß Karin in irgendeinem Winkel ihrer Seele mein Versagen, das sie verursacht hat, genießt.

Wir wollen diese kecke Hypothese einfach stehenlassen.

Wir wollen einfach konstatieren: Wäre der Mensch so frei, wie ihn die Propaganda schildert, dann wär es aus. Geschichte, aufgefaßt als speckige Angst-Hoffnungs-Inszenierung, ist dann am Ende, wenn ihr Subjekt verschwindet. Und dieses Subjekt war, ist und wird auch bleiben die zerknirschte, doch hoffnungsvolle Niete.

Zurück zu unserm Jesuswort. Wie schade. Es fällt so gar nicht aus dem Rahmen irdischer Geschichte. Es riecht fast himmelschreiend weltlich. Wie schade.

(Der Heiland meiner Träume würde sagen: Wer mit mir gehen will, der soll. Doch daß sich keiner um meinetwillen verliere und verleugne. Und daß mir keiner meint, es sei verdienstvoll, ein Kreuz auf sich zu nehmen. Golgatha-Schwärmer mag ich nicht. Ich stelle nichts in Aussicht, nicht einmal Strafe. Adam und Eva sollen essen, was sie wollen. Kein Verbot. Und folglich keine Sünde. Seid ungeknickt, gönnt euch genügend Schlaf und warme Stille, das ist das radikalste Anti-Teufel-Mittel.)

Schluckbeschwerden.

Seltsamerweise hat Vater nie gefordert, die Söhne sollten Bauern werden. Mag sein, daß er sich vor der Abschiebung aufs Ofenbänklein fürchtete. Nie sagte er, wenn ich an freien Nachmittagen für die Schule lernte: Du würdest dich gescheiter auf dem Acker nützlich machen. – Im Gegenteil, er klopfte mir verlegen auf die Schultern: Schaff nur, uns rennen die Kartoffeln nicht davon.

Sonst war er streng und wortkarg. Oft finster. Die winzigste Verfehlung bestrafte er. Nicht tätlich, nicht mit Sätzen. Er brütete uns an.

Er war mir fremd.

Der spätere Verlauf der Dinge läßt mich ahnen, daß ich ihm noch viel fremder war.

Normaler-, wenn auch nicht unbedingt begrüßenswerterweise hat ja der Mensch zu seinen Ausscheidungen kaum Kontakt. Ein Faktum nebenbei, das unsre Philosophen übersehen, wenn sie, was dann und wann geschieht, spezifisch Menschliches zur Sprache bringen. Dabei ist dieses Faktum prägend und im Vergleich zum Tier durchaus markant.

Kurzum, ein bißchen Schleim, verstandlosglücklich hineingeschleudert in ein ewig Dunkles, kehrt plötzlich wieder und ist ein Sohn.

O Wunder, o Fremdheit.

Der Schöpfer staunt gewöhnlich über sein Geschöpf und dieses über ihn, Staunen ist die Gebärde der Distanz. Man weiß von Künstlern aller

Art, daß sie ein Werk, kaum abgeschlossen, als Exkrement empfinden, das sie anstinkt. Ein Teilchen ihrer selbst liegt da und tut vertraulich und ist doch abgetan.

Mein Vater sah nur eins: Sein Sohn, *der Pfarrer*, läßt sich von einem braunschwarzäugigen fatalen Weibsbild, ums Haar noch minderjährig, um den Finger wickeln und setzt sich schuftig ab von Frau und Amt und Kindern.

Nein, wirklich *wahrgenommen* hat mich mein Vater nicht, sowenig wie ich ihn.

Es muß sich ändern.

Und wenn der Frosch die Kaulquappe nicht kennen will, soll er sich wenigstens von ihr erkennen lassen.

Ich werde heller, wenn ich weiß, was mich beschattet. Und umgekehrt finden auch Wiedergänger nur im Erkanntsein Frieden.

2

Bist in letzter Zeit so brummig, sagt die Klär, schimpft über alles, und früher hast immer gesagt: So eine trostlose Gurke wie der Sätteli Adam will ich meiner Lebtag nie sein, sieht nur noch das Schlechte auf Erden, wenn ich mal so bin wie der Sätteli, könnt ihr mich metzgen, hast du gesagt, sagt die Klär, und jetzt?

Hosianna singen mit Rheuma. Sollen neunundsiebzig werden, dann jubelt keiner mehr im Stall herum, was wetten wir. Das Junge klingt, das Alte klappert, so ist das eben, der Adam selig hat Bescheid gewußt.

Steh still, wenn ich dich melke, Saubock, nervöser, die größte Zappelgeiß hat mir der Waser angedreht, und dafür zahlt man heutzutage vierzighundert, für so ein windiges Gestell. Eine Staatskuh ist das, hat der Waser behauptet, eine Prachtskuh mit stattlicher Leistung. Was kommt? Knappe vier Liter, knappe vier Liter kommen, und kalbern tut sie erst im Januar. Und Waser denkt: Ich geb ihr ein paar Kapseln Vitamin, damit sie blühend wirkt, und such mir einen Dummen und stoß sie ab. – Und siehe da, ich Simpel steige ein und kauf das Vieh, und kaum steht's da in meinem Stall, riecht's faulig aus dem Maul, hat Durchfall und läßt laufen.

So ist's mit allem, was du kaufst, wirst ständig übers Ohr gehauen, wirst heutzutage ständig nur beschissen. Du kaufst aus dem Ersparten einen sechzigpferdigen Traktor, zwei Tage später stottert er und schwimmt in einer Pfütze Öl. Zum Zähneputzen kaufst du eine neue Bürste, und schon am ersten Abend verliert sie ein paar Borsten, es ist ein Jammer. Die Kleider schrumpeln ein und fransen aus, die Sense rostet, kein Büchsenöffner funktioniert, und wer sich hinten putzt, hat sofort einen braunen Finger, so himmeltraurig ist das heutige Papier trotz aller aufgedruckten Blümchen. Man hatte früher Waren, und heute hat man Lumpenzeug, das ist der ganze Fortschritt, die Klär soll plappern, was sie will. Und je schäbiger das Zeug, umso besser wird's verpackt. Paul kauft sich einen Kugelschreiber, Paul schreibt, sobald er aus der Anstalt kommt, an alle Leute Briefe, item, er kauft sich einen Kugelschreiber, der ist eingeschweißt, Paul holt die Schere, sie geht kaputt, ich übertreibe nicht, Paul braucht im ganzen sechs Minuten, bis er den Stift heraus hat aus dem Kunststoffscheißgehäuse, und wenn er draußen ist, der Schreiber, dann schreibt er nicht, und wenn er schreibt, schreibt er zwei Stunden lang, und dann ist Schluß, dann landet er im Kübel, so geht's mit allem, und jedes Ding kommt kübelreif aus der Fabrik, wer etwas kauft, kauft Abfall, das ist doch meiner Seel die Wahrheit.

Ist's wirklich lebenswichtig, daß du immer

schiffst, wenn ich dich melk, Spritzkanne du. Ich geb sie ihm zurück, dem Waser, soll die Maschine wieder an ihr Euter hängen, von Hand ist da nichts mehr zu holen, alles verdorben, vermurkste kurze Zäpfchen, alles verknittert von der Melkmaschine, nur damit man Zeit spart, damit's recht hygienisch her und zu geht, als wären ein paar Tropfen Kuhbrunz in der Milch schon kriminell. Fast jedermann ist heute krank, und früher war fast jedermann gesund, und das kommt alles von der Hygiene, das ist der ganze Fortschritt. Die Menschen kommen im Spital zur Welt und liegen hinter Glas, und der leibhaftige Vater lächelt durch die Scheibe auf den sterilen Knirps herab und denkt: Ich Schmutzfink. Und eines Tages holt man sie hervor, die Kinder, und dann geht's los mit Keimen und Bakterien etcetera, und sie sind für den Rest des Lebens kränklich.

Aber eben. Wirst nur ausgelacht. Laut kannst du nichts mehr sagen, ernst nimmt dich keiner mehr. Wer über sechzig ist, der soll die Klappe halten, so denkt man heute. Und wenn er trotzdem seine Meinung sagt, dann tut man so, als hätt er nur gerülpst. Ab siebzig bist du abgeschrieben, ein Runzelgreis bist für die Jungen, ein Knochenhaufen, der ins Totenhemd gehört, nicht in den Stall. Du kannst dich regen, wie du willst, kannst melken, misten undsoweiter, sie schütteln nur den Kopf und sagen zueinander: Der will wohl ewig zappeln. – Der Knüsel August ist seit sechzehn Jahren pensioniert und liest die Zeitung. Wenn er mich sieht, sagt er: Mach doch auch endlich Feierabend. – Feierabend mach ich dann unterm Boden, sage ich. Und alle geben mir den Rat: Hör auf! – Und wenn man aufhört, heißt's: Der Soundso hat nur noch wenig auf der Spule. – Das stimmt ja auch, du hockst dann nur noch auf der Ofenbank und spinnst herum, es geht dir liederlicher Tag für Tag, nach kurzer Zeit machst du den Schirm zu. Das war beim Ochsner so, das war beim Sutter so, und Knüsel selbst ist auch nicht mehr ganz hundert, wackelt ständig mit dem Kopf, kein Wunder, war ja Lehrer, sonst ein patenter Kerl. Die gleiche Furche haben wir gepflügt in unsrer Jugend, Knüsel und ich, das Dorli Zolgg, im Mai mit Knüsel, mit mir im Juni, im Juli noch mit Haas. Hebamme ist sie später dann geworden, Bezirkshebamme, und jetzt sitzt sie im Altersheim, hat kein Gedächtnis mehr und piepst und schnattert, so vergeht die Zeit. Hat meine Gret viermal entbunden, das Dorli, und hat es gut gemacht. Hat mir auch später viel geholfen, als mir die liebe Gret wegstarb vor zwanzig Jahren, anno dreiundsechzig, am dreiundzwanzigsten November. Ich steh um vier Uhr auf wie immer, wart unten in der Küche, bis sie kommt und mir das Knie einbindet, sie will und will nicht kommen, Gret! brüll ich, Gret! und kippe hässig meinen Kräuterschnaps, und wie ich schließlich nachschau, liegt sie auf dem Boden und murmelt schwach: Ich glaub, ich sterbe. – Ich sage: Kabis, das fehlte noch, wirst wieder einen Schwindelanfall haben, deswegen gibt man doch den Geist nicht auf. – Ich lege sie aufs Bett, sie japst, ich merke, es ist ernst, ich ruf den Doktor an, muß x-mal läuten lassen, bis seine Frau abhebt und unwirsch sagt, sie richt es aus. Um zehn vor sechs ist Gret dann tot, kein Doktor da, um zwanzig nach kommt er und sagt: Wahrscheinlich Herzversagen, ich kondolier, Herr Thalmann. – Vier Wochen später, einen Tag vor Heilig Abend, bekomm ich eine Rechnung, einundvierzig Franken, so ein Hund, für seinen Arztbesuch. Was willst du machen. Tot ist sie, tot, im Stall rumort das Vieh, kurz nach halb sieben ruf ich die Tochter an, die Myrta, sie heult, bevor ich etwas sagen kann, ich frag: Weißt du es schon? Sie sagt: Soeben hab ich es am Radio gehört, es ist entsetzlich, und immer trifft's die Falschen. – Ich sag verwirrt: Wie ist das möglich, das kommt doch nicht am Radio. Sie sagt: Wieso denn nicht, er war ja immerhin der Präsident der USA.

So geht's, und keiner weiß, wann er den Kehr hat. Dann ist der Alexander Stoll gekommen und hat gesagt: Klemens, ich dränge mich nicht auf, du kannst das Grab mir überlassen, du hast jetzt anderes zu tun. – Ich sage: Dank dir, Alex, doch vorderhand bin *ich* noch Totengräber, Pflicht ist Pflicht. – Und ich hab meiner Gret das Grab geschaufelt, das ganze Dorf hat nur den Kopf geschüttelt, so wie's ihn heute wieder schüttelt, weil ich noch immer schaff. Neunundfünfzig war ich damals, Gret erst dreiundfünfzig, und alles hat gesagt: Im Frühling übers Jahr, was wetten wir, gibt's wieder eine Hochzeit. – Bös hat man sich trompiert im Dorf, die jüngste Schwester ist zu mir gezogen, die Klär, grad frisch geschieden von einem Faulpelz namens Stenzel, das war ein Schwabe, der soff auf ihre Kosten und schnorrte blöd herum, und solche Vagabunden werden immer wieder und trotz allem zum Ehemann gewählt. Wenn du der Frau abrätst, dann nimmt sie ihn erst recht, weil sie beweisen will, daß sie ihn retten kann. Der Stenzel aber ist im Sumpf geblieben, hat sich nicht retten lassen, im Gegenteil, hat andre Weiber heimgeschleppt und hat herumgegrunzt mit ihnen, auf dem Stubenteppich, morgens um zwei, und Klär liegt wach im Nebenzimmer und wäre abgeschnappt, wenn sie von unserer Mutter selig nicht diese fröhliche Natur vererbt bekommen hätte. Nichts als Verdruß hat sie erlebt, die Klär, nichts als Enttäuschung, und trotzdem sieht sie überall das Gute, und wenn ich über etwas schimpfe, erinnert sie mich an den Sätteli, den alten sauren Kläffer.

Wie der erst heute referieren würde, wenn er sähe, wie's abwärts geht mit allem und wie die Jungen jetzt fuhrwerken und nicht mehr wissen oder wissen wollen, woher das Brot kommt. Diese Jungen, diese großgekotzten. Sie haben alles, alles haben sie, und alles machen sie kaputt, sie haben Autos und drücken auf den Knebel, bis der Motor verreckt und bis die Reifen platzen, so geht's mit allem, alles wird verhühnert und verludert und verhunzt, alles und jedes wird verschlampt, geschlissen und zerhackt, und es weiß heute keiner mehr, woher das Brot kommt. Fast jede Telefonkabine wird heutzutage demoliert, steht in der Zeitung, die Scheiben werden eingeworfen, die Hörer abgerissen, die Bücher angezündet, es ist ein Elend, und in der Kinderstube fängt das an. Man stopft sie von Geburt an voll, die Kinder, verbäbelt sie, verpimpelt sie, und sie bekommen alles, haben alles, dürfen alles. Schenk deinem Enkel, was du willst, er schaut's gar nicht mehr an, im besten Fall greift er danach und schleudert's weg, und niemand nimmt ihn an den Ohren, die Mutter sagt: Er ist halt schon ein richtiges Persönchen. – Und Vater liest die Zeitung.

So ist das heute, doch nicht jeder Furz macht einen neuen Wind, und eines Tages wird es wieder anders, garantiert, denn irgendwann fällt um, was schief ist. In hundert Jahren wird es vielleicht heißen: Damals gab's eine Jugend, und über die ist zweierlei zu melden, sie hatte erstens alles, und alles schiß sie zweitens an. – So ist es doch, »es scheißt mich an«, das ist doch bald das einzige, was man von ihnen hört, sonst haben sie die Sprache ja verloren, sonst lümmeln sie ja nur noch frech herum, sogar hier auf dem Land, und alles scheißt sie an, nur diese Grölmusik begeistert sie und ihr stupider Töff. Sie haben alles außer rechten Eltern, währschafte Eltern mußt du heute mit der Lupe suchen, die meisten sind grad außer Haus und seckeln irgendwo den Batzen nach, darum ist ihr Gewissen nicht das beste, und darum pumpen sie die Kinder voll mit Geld und Dreck und lauter Lumpenzeug, das Resultat davon kannst du dann in der Zeitung lesen.

Nein, die Klär ist blind und will nicht sehn, wie's abwärts geht mit allem. Die Jugend ist schon recht, sagt sie. Soso, sag ich, zwei dieser Töfflifahrer verkarren also beinah einen alten Mann, der hebt den Zeigefinger mahnend, sie sehn's und machen kehrt und schlagen ihn, den Greis, zusammen und fahren johlend weiter. Das ist die Welt, sag ich, die heutige, auf deutsch gesagt ein Sauloch, ein Stinktal, ein verdammtes. – Ausnahmen! sagt die Klär, ich aber sage: Zehntausend Stiere vorn, hinten ein Pflug, groß wie drei Kathedralen, dann hü und hott und Peitschenknall, weg mit der Brut, und ganz am Schluß frisch säen.

Die Gret hat mich verstanden. Wie im Traum hab ich das Grab geschaufelt, der Mensch denkt, und Gott lenkt, hab ich die ganze Zeit geleiert, was habe ich verbrochen, erst Anna und jetzt Gret, unmöglich, daß sie da hinabkommt und einfach weg ist, weg für immer, kaltschnäuzig dreht er ihr den Hals um, ich faß es nicht, die eisige Haut, die furchtbaren Augen, und vorher alles warm, ich steh in der lehmigen Grube, ich stütz mich auf den Pickel, es schneit, ich hasse, zuhause pack ich die nächstbeste Katze und schlage sie gegen die Wand.

Herzversagen. Grad wie der Willi. Heizungsmonteur ist er gewesen und hat's zum Bundesrat gebracht, und wäre er Monteur geblieben, so hätten sie ihn gestern nicht begraben. Steinalt wär der geworden, so stämmig wie er war, fällt sang- und klanglos um und aus und amen, ein hoher Giebel ist zu nah beim Blitz. Und Feusi Titus sagt zu mir: Ein roter Pfiffikus war er. – Und ich sag: Meinetwegen, er war daneben auch ein Mensch und ist's trotz seinem Amt geblieben, vielleicht war er zu sauber für die Politik, wer weiß, der hat doch auch gemerkt, was heute läuft und wie das Volk verschaukelt wird nach Strich und Faden. Da kommen sie daher mit ihren schiefen Mäulern und fragen: Liebes Volk, was findest du zur Sommerzeit, willst du, daß unser Land die Sommerzeit einführt, willst du es nicht, ja oder nein? – Und alle rechten Bauern sagen nein, und auch das Volk in seiner Mehrheit sagt deutlich nein, und wenig später wird sie eingeführt, die Sommerzeit, ich stehe jetzt um drei Uhr auf, die Kühe sind verdattert und geizen mit der Milch, ist das noch Volksherrschaft? Man soll uns doch gescheiter nicht mehr fragen. Wenn etwas wirklich wichtig ist, fragt man uns sowieso nicht. Ist's eher nebensächlich, so fragt man uns und macht dann, was man will, so ist das heute, ich hab genug davon. Zeitlebens war ich Patriot, hab über tausend Tage Dienst gemacht, hab meine Pflicht mehr als erfüllt, weiß Gott, und war ein rechter Bürger. Das nützt dir alles nichts, denn eines Tages kommt die Staatsmacht und gibt dir einen Fußtritt in den Arsch und setzt dir eine Autobahn vor deine Hütte, und du kannst jaulen wie du willst, sie stehlen und versauen dir dein Land und ruinieren dich. Zeitlebens bin ich Patriot gewesen, hab Hochachtung gehabt vor all den Männern an der Spitze, sie machen's gut, hab ich gesagt, sie tun fürs Volk das Beste und tragen Sorge für die Heimat, und immer habe ich gesagt: Mit diesen hohen Herren kann sich ein simpler Handschuh nicht vergleichen. Doch weiß der Kuckuck, es stimmt nicht mehr, etwas will einfach nicht mehr stimmen, dünkt mich, seit ein paar Jahren weht ein andrer Wind, und andre Sitten gelten jetzt, und das Vernünftige wird erst zerschnorrt und dann zerzaust und schließlich auch gebodigt, ein gutes frisches Ei legt keiner mehr, dafür ist das Gegacker umso größer.

Nun ist er also tot, begraben, mit fünfundsechzig einfach abmarschiert. Der hat doch auch gesehen und gemerkt, was heutzutage läuft und daß nicht *er* regiert und nicht das Volk, sondern der pfundigste Beutel, und das hat ihn geknickt, sag, was du willst. Nein, mir kann sie gestohlen werden, die ganze Politik, allmählich kennt man diese Füchse, die auf allen Wänden kleben und süß und schmierig schmunzeln und Arbeitsplätze garantieren und Frieden, Freiheit, frische Luft etcetera, das kennt man, danke, die frische Luft ist jetzt der große Schlager, und vor den Wahlen spielen sie den Winkelried, der eine Schneise in die Stinkluft schlägt, das kennt man alles, und daß die Leute sich beschummeln lassen von jedem Schlitzohr, ist ein Jammer. Irgendwo, hab ich vor zwanzig, dreißig Jahren schon gesagt, irgendwo muß all der Dreck aus Auspuffrohren und Kaminen einfach hin, der löst sich doch nicht mir nichts dir nichts auf, der läßt sich nieder irgendwo, hab ich gesagt, und heute weiß man also, daß er sich im Salat verkriecht. Und daß die Bäume ihn nicht mehr verkraften, das ist bereits ein alter Hut, das sieht ja jeder Tubel, alles serbelt, schrumpft und geht zum Teufel, und alles ist verschwefelt und verseucht, und jene Burschen, die gekichert haben vor fünf Jahren, wenn einer vor der Katastrophe und vor dem Weiterwursteln warnte, genau die gleichen Kicherbrüder tun jetzt besorgt und blähn sich auf und fordern und versprechen Notmaßnahmen und Sofortprogramme, urplötzlich haben die Parteien und Politiker und alle andern, die vom Schwatzen und vom Lügen leben, urplötzlich haben sie ein heißes Herz für Tannen, Föhren, Buchen undsoweiter, es geht auf keine Kuhhaut, was da geheuchelt wird, es geht auf keine Kuhhaut und ist wahrhaftig eine Affenschande, und hie und da versteh ich meinen Vater und denk: Ich häng mich auf.

Im Wirtshaus sagen sie: Nicht halb so schlimm, du Griesgram, reg dich doch ab, noch sind wir frei, und weiter östlich brächte dich dein Schnabel hinter Gitter, noch sind wir frei, und noch bestimmen wir. – Wer wir? frag ich, und Feusi Titus sagt: Das Volk und du und ich und alle. – Ich sag: Ja, du hast beinah recht, wenn es um Fuß- und

Wanderwege geht, läßt man das Stimmvieh an die Urne trotten, und wenn's um Milliarden geht für diese Autopisten, entscheidet man allein. – Potz Wetter, sagt der Mäder Oskar, hab ich Karten, spiel endlich aus, Klemens.

Ich geb ihr keinen Namen, dieser Kuh, nicht Selma und nicht Lili, ich gebe sie zurück. Ein nobles Tier, sagt Waser, im Umgang leicht nervös, sonst aber prächtig, Ihr werdet reich mit ihr, hat er behauptet, sie hat ein goldnes Euter. So ein Schwafelhans, ein goldnes Euter, einen verschissnen Schwanz hat sie, sonst nichts, er soll sie wieder holen, diese Pfeife, ich brauche eine Milchkuh und kein Gampiroß, schau dir das an, nicht mal vier Liter, aber eben, hinten hinaus fährt alles.

3

Der Stellenwert von Frauen und anderen Respektspersonen relativiert sich angenehm, sobald man weiß: Sie drücken und verdauen just so wie unsereins. Das war mir eine positive Jünglingsoffenbarung. Den lieben Bruder Paul hingegen hat diese Einsicht geradezu gelähmt und von der Eheschließung abgehalten, doch davon später.

Sonst gibt es nichts zu kommentieren, ich laß den Vater Vater sein, Exorzismus fehlgeschlagen, Halsinnenraum nicht frei.

Kezi hieß sie, Kurzform von Kezia, sie hat mich überschwemmt. Hat mich behext und fertig. Kezi, warst meine schiefe Bahn und warst zugleich die Welle, die mich zum Ufer trug.

»Zum Ufer trug« – hu hu!

Laß dich in Ruhe, Franz, halt dich an deinen Vorsatz: Keine Kontrolle, wenig Kontrolle! Niemand zensiert dich.

Niemand zensiert mich.

Leicht gesagt.

Ich weiß nur eine einzige plausible Definition von Glück: Nicht überwacht sein. Sinnbild des Glücks: Ein mausetoter Zerberus.

Oft zeigt die Existenz des Sinnbilds, daß das, wofür es steht, nicht existiert. So hier. Das Glück ist fern. Man will es so. Man pfeift auf Seligkeit. Man schreit nach Werten, das heißt nach Überwachung. Man sucht sich Väter, will Instanzen. Her mit dem Leitbild, das uns staucht, her mit dem Maßstab, der uns zeigt, wie würstchenhaft wir leben.

Gehorcht. Geglaubt. Gelitten. Erwartungen erfüllt. Vorschriften eingehalten. Grüezi und Ja gesagt und Amen. Impulse kontrolliert. Zähne geputzt, Ohren geputzt. Holundersirup getrunken. Bibel studiert. Mich beherrschen lassen und bald auch mich beherrscht. Gemacht, was man mir predigte, und bald auch selbst gepredigt. Schnee geschaufelt. Frauen madonnisiert. Leib ertüchtigt. Gegeigt. Gelitten. Angst gehabt. Vaters Brüten kaum ertragen. Wenig gelacht. Gebetet. Schweine gefüttert. Bibliotheken besucht. Kuhstall gemistet. Dogmatik, Apologetik, Ethik. Helen geküßt. Um Reinheit gerungen. Homiletik, Katechetik, Liturgik. Auf Eier verzichtet. Angst gehabt. Brav gewesen. Brav gewesen. Heirat. Pfarramt. Und immer wieder Amen. Und immer wieder und trotz allem: Traurigkeit und Angst.

Ich wiederhole gern und laut: Das Glück ist fern. Nah ist der Kopf und in ihm das Gewissen, das umso dreister wütet, je artiger du bist. Entweder-Oder: Selbstüberwachung oder Glück, entschließe dich.

Entrümpeln. Den obern Stock entrümpeln, weg mit dem Schutt. Besorgnis: Der Schädel ohne

Mist und ohne Schrankenwärter brütet Schlechtes aus. – Ein rabiater Irrtum. Mit Verlaub, schafft alle Zölle ab, dann stirbt der Schmuggel. Schafft den erhobnen Zeigefinger ab, und es versiegt gar manche Bosheitsquelle. Kastriert die Väter, verklebt den Müttern ihre Münder. Löscht euch im Strafregister, atmet auf.

Ich lüfte.

Kezi hat mich an sich gepreßt. Und ich darf sagen: Wild und selbstverständlich. Ich wußte plötzlich und zum ersten Mal: Du strenger Franz, jetzt hast du keine Wahl, das einzig Mögliche ist jetzt die Sünde, und darum ist es keine.

Das war im Monat Mai. Auf einem bebuschten Rasen am Luganer See. An einem Wochenende mit der Jungen Kirche. Leitthema: Unterwegs zum Du. Entferne mich um Mitternacht mit coca-colavoller Blase von der Gruppe, die über Willensfreiheit diskutiert. Verrichte draußen hinter einem Haselstrauch ganz gegen meine sonstige Gepflogenheit die Notdurft und überlege mir dabei ein Votum, das die zerfahrene Debatte neu strukturieren könnte. Hätte, so überlege ich, uns Gott nicht mit der Möglichkeit beschenkt, zu seinen zehn Geboten von Herzen und in Freiheit ja oder nein zu sagen, so hätte er sie, die Gebote, erstens nicht erlassen, und zweitens gäb es – ohne diese Freiheit – keine Schuld. Wir wären also drittens – ohne Freiheit – bloße Tiere, vom nackten Trieb geschoben

und gezerrt, und das ist gottlob nicht der Fall, und also sind wir frei. Was ist denn, denke ich, mit diesem Reißverschluß. Klemmt er? Er klemmt. Ich gehe ein paar Schritte hauswärts, da ist mehr Licht, und beuge mich herab und sehe: Ein Stückchen Hemd sitzt fest. Herr Pfarrer, darf ich helfen? fragt eine sammetweiche Stimme. Es ist da, stammle ich bestürzt, es ist da nur ein bißchen was verklemmt. – Darauf versteh ich mich, sagt Kezi und nimmt mich bei der Hand und leitet mich zur Bank am See. Und keine Schneiderin und keine Mutter hätte das Reißverschlußproblem geschickter und unverfänglicher gelöst als Kezi. Aber ihr Duft. Kezi umhüllt, umnebelt mich mit einem Jasmin-Wohlgeruch, den ich nicht anders nennen kann als göttlich. Ich habe plötzlich das Verlangen, sie zu spüren. Im Dunkeln ist ihr Gesicht noch überwältigender als bei Licht, noch rätsel- und zigeunerhafter. Ich geb mir einen Ruck und stehe auf und sage: So, wir müssen gehn, man wartet. – Sie steht auch auf und sagt: Nein, Franz, wir müssen nicht. – Und dann hat Kezi mich an sich gepreßt, und ich darf sagen: wild und selbstverständlich.
Fortsetzung folgt.

Ein Wort des Predigers, des Sohnes Davids, des Königs zu Jerusalem: »Besser ein guter Ruf als Wohlgeruch.«

Fast alle Weiber, pflegt mein Bruder Paul zu sagen, fischeln oder seicheln oder stinken sonst. Ich habe, sagt mein Bruder Paul, null Appetit auf Weiber, höchstens auf eine Chinesin und nicht einmal das.

Natürlich hast du Lust, sag ich, und zwar so große, daß du sie diffamierst, die Frauen. – Red ruhig deutsch mit mir, sagt Paul. Ich sag: Der Fuchs beschimpft die Trauben, die er nicht bekommt, und nennt sie sauer. – Ein alter Psychologenhut! brummt Paul und bricht in Tränen aus und sagt: Ich habe rote Haare und stinke aus dem Maul, und Hornhaut-Pfoten wünscht sich keine.

Nichts gegen Helen. Was konnte sie dafür, daß meine Liebe stark, doch nicht sehr sinnlich war? Und umgekehrt: Was kann ein Mann dafür, wenn seine Frau (meist nach dem ersten Kind) auf physische Distanz geht und sich von seinem Körper kaum noch bezaubert fühlt? Wir haben unsre Sinnlichkeit noch weniger im Griff als Regungen, die man für edler hält. Diese sind hochgezüchtet, und jene ist meist ein begrabner, also unberechenbarer Hund.

Die Kezi hat ihn aufgestöbert, angehaucht. Schockhaft beseelt sprang er aus seiner Gruft und tanzte. Wer solche Auferstehung nie erlebt hat, schweige. Sternenfern ist ihm so Hund wie Mensch wie Gott. Und ich belehre jeden scheelen Biedermann: Solang dein Fleisch nicht jauchzt, darbt deine Seele.

Freilich bezahlt das sinnliche Erwachen sich gern mit sittlicher Erschlaffung. Schicksal. Was hier erschlafft, ist ohnehin nur trügerische Straffheit. Und was vom Menschen übrig bleibt, wenn er die sogenannte Sünde meidet, ist nicht nennenswert.

Ich nenn es trotzdem: ein ungewürztes Häufchen Elend.

Sinnkrise. Ich komm in die Beratung, sagt stokkend ein Klient, weil ich so komisch traurig bin die ganze Zeit, weil alles mich so sinnlos dünkt. – (Berichtigung: Dies sagt nicht *ein* Klient, sehr viele sagen es; ich wähle stellvertretend einen und nenn ihn Zemp und referiere lückenhaft.)

Wuchs gedrungen. Fleischige Gestalt. Gliedmaßen kurz. Gang eher schleppend. Gute, blaue Augen. Trevira-Hosen, bügelfrei, handgestrickte Weste. Zemp ist ein Volksschullehrer, Mitte vierzig, Familie, im Militär Major.

Weiß Ihre Frau um Ihren Zustand?
Neinnein.
Sie sagen zweimal nein, warum?
Ich will es ihr nicht sagen, es würde sie belasten.
Spürt sie's nicht ohnehin?
Ich nehme mich zusammen.
Sie haben also das Gefühl, es würde Ihre Frau belasten, wenn Sie ihr anvertrauten, wie's Ihnen wirklich geht?
Ja, schon. Ich ... ich bin sonst eben nicht so schwach. Ich muß dagegen kämpfen, und Sie als Fachmann, dachte ich, Sie kennen doch die Waffen.

Welche?

Die Waffen gegen diese Grillen.

Sie hassen Ihre düstere Gemütsverfassung?

Sehr.

Und das Gefühl, daß alles sinnlos sei, scheint Ihnen ungehörig?

Es ist ein Virus, wie ein Virus. Ein Überfall.

Ich kürze ab: Natürlich besteht die erste Phase der »Behandlung« darin, dem Zemp zu zeigen, daß man auch als Major und Ehemann und Vater ein bißchen schwach sein darf; daß zweitens Probleme seiner Art rein waffentechnisch nicht zu lösen sind; daß drittens ein Symptom so wenig feindlich wie ein Leuchtturm ist, der auf Gefahrenzonen hinweist. – Und in der nächsten Phase, die ich »politisch« im weiten Wortsinn nennen möchte, geht es dann darum, zu erwägen, ob Sinnlosigkeitsgefühle und Betrübnis nicht allenfalls verstanden werden könnten als durchaus angemessene, Intaktheitssehnsucht offenbarende Reaktionsgebärden gegen eine Wirklichkeit, die über weite Strecken so beschaffen ist, daß einer, der sich in ihr nicht traurig fühlt, sein Trauerdefizit betrauern müßte.

»Über weite Strecken«: Gibt es, so frag ich Zemp in einer letzten Phase, gibt es in Ihrem Leben irgendwelche Dinge oder Situationen, die Sie als fraglos schön und gut empfinden? – Zemp überlegt minutenlang, und schließlich sagt er mit belegter Stimme: Tulpen.

Und sonst?

Zemp schweigt erneut minutenlang, und dann sagt er: Ein rechter Zungenkuß.

Und wenig später, leise: Ein warmes Bad und das Finale von Haydns »Schöpfung« und Schweinsfilet im Kräutermantel, ferner Veilchenduft.

Und ist das alles für Sie sinnvoll?

Schon, nur frag ich mich das nicht.

Vorläufige Bilanz. Die Frage nach dem Sinn des Zungenkusses stellt sich kaum. Schönes genießt man sinnlos. Was selig macht, wird nicht befragt. Sinn also ist – falls überhaupt – nur dort, wo es fast läppisch wäre, nach ihm zu forschen. Sinn liegt, im Falle Zemps – und Zemp ist mehr als Zemp – im Sinnlichen.

Ist erst einmal erkannt, daß unsere Sinnkrise primär die Krise unsrer Sinne ist, so sehen wir trotz metaphysischer Vernebelungsversuche das therapeutische Rezept: Ausbau und Förderung der Sinnlichkeit und damit Ausweitung des Sinn-Bereichs. Die Menschheit wird nur dann mit Anstand überleben, wenn sie es fertigbringt, ein Reich der Tulpen aufzurichten. Das Individuum legt seine Trübsal ab, sobald es seinen Leib begreifen lernt als Freudenhaus. Voraussetzung für diese Wende ist allerdings die sittliche Erschlaffung, denn Sittlichkeit versteht sich ja seit Tausenden von Jahren als Bollwerk gegen Zungenküsse. Anders gesagt: Moral im hergebrachten Sinn verhindert Sinn.

Bitte. Bin ja kein Philosoph. Bin ein geplagter Froschmann mit wenig Sauerstoff.

Nachtrag 1: Zahnschmerzen wird es immer geben. Stechmücken auch. Sogar im Paradies. Gut so. Sinnvolles bliebe unbegriffen, ungewürdigt ohne gelegentlichen Schabernack. (Man kennt den Nachteil dieser abgeschmackten Wahrheit: Professionelle Tröster einerseits, Schmerzproduzenten andrerseits berufen sich seit eh und je auf sie.)

Nachtrag 2: Die erste Wurzel der Entsinnlichung: Der Leib ist das, was in die Hosen macht, die Seele das, was sich darüber schämt. – Die zweite Wurzel: Vollkommen ist der ferne, unfaßbare Gott, und garstig sind die Götzen. – Die dritte Wurzel: Auch Knackiges kratzt ab. Das ist des Blendwerks Los.

Nachtrag 3: Zemp geht es ordentlich.

Zurück zur Mainacht. Argwohn gibt's nicht in diesem Kreis. Für Pfarrer Thalmann legt man die Hand ins Feuer. Wär er auch eine Stunde lang (und nicht nur zehn Minuten) mit Kezi weggeblieben: Er hätte Luft geschnappt und nebenbei der Kezi Rat gespendet, denn sie hat Glaubenszweifel und galt einmal – laut Vormundschaftsbehörde – als partiell verwahrlost.

Kurzum, wir setzen uns jetzt wieder zu den andern, verhüllen unsre Nachlust und unsere Verstörung, und alle ringen wir um Antwort auf die Frage: Ist menschliches Geschick durch Gottes

Wille vorherbestimmt? Schließt seine absolute Allmacht den Eigenwillen und die Freiheit seiner Kreaturen nicht restlos aus? Wie kann ein Weltenlenker die Welt in Ruhe lenken, wenn es darin von autonomen Wesen wimmelt, die seinen Schöpfungsplan fast pausenlos durchkreuzen? – Wie wär's mit einem Fruchtsalat? fragt eine sammetweiche Stimme, und alle sind begeistert und rufen: Schmatz.

Zehn Sommerwochen lang ist Kezi heimlich meine Frau gewesen.

Nicht nur meine. Keine Details. Nur das Gröbste: Mitte Juli wird mir ein jedes Wasserlösen zur nahezu satanischen Strapaze. Herr Pfarrer, sagt der Hausarzt, es tut mir leid, Sie haben einen Tripper. – Ich? Gott im Himmel, wie kommt denn das? – Herr Pfarrer, ich will offen reden: In diesem Dorf ist Ihr Verhältnis mit dieser Halbzigeunerin, Entschuldigung, bald so bekannt wie deren liederlicher Lebenswandel, Entschuldigung. Ich nehme an, die einzige Person im Dorf, die nichts von allem weiß, ist Ihre Frau, Sie sollten diesen Zustand – ich sage das als Ihr Vertrauensarzt – jetzt schleunigst ändern.

Am gleichen Tag teilt mir der Präsident des Kirchenstandes mit, es sei schlechthin nicht möglich, länger zuzuschauen, er müsse mir, namens der Kirchgemeinde, den Rücktritt nahelegen. Und wissen Sie, daß gegen Kezi Moser ein Strafverfahren läuft? – Ein Strafverfahren? Wegen mir? – Das hoff ich nicht, Herr Pfarrer, wohl eher wegen aller andern.

Urteil im Spätherbst. Die Tätigkeit als solche heißt zwar Unzucht, bleibt aber, selbst wenn Geld mitspielt, normalerweise straffrei. Hingegen ist hier ausschlaggebend der Begehungsort. Dies war – Schund hin, Schund her – ein Friedhof in der nahen Stadt. Somit erfüllte Kezis Tätigkeit den Tatbestand der fortgesetzten Störung des sogenannten Totenfriedens.

Nimm noch ein Gläschen, Franz.

Ich selbst traf mich mit Kezi nie auf jenem Friedhof. Mir hätte eine solche Szenerie kaum zugesagt. Romantik sollte man nicht auf die Spitze treiben. Freilich war ich auch nicht empört, als ich den Sachverhalt, der von den sonst so nekrophilen Zeitungsleuten vibrierend vor Entrüstung gemeldet wurde, erfuhr. Wenn etwas ruchlos und makaber war, dann dieser Rummel.

Man reise doch einmal nach Fes, Marokko, und man besuche den gewaltigen und wunderbaren Totengarten. Ein Ort des Lebens. Schneeweiße Gräber spenden Liebespaaren Schutz und Schatten, und atemlose Kinder hüpfen schreiend über ihre Ahnen. Da wird gegessen, dort entleert sich einer, und unter jenem krüppeligen Mandelbaum rasieren zwei Barbiere ihre Kunden. Die Toten nehmen teil am Leben, und die Lebendigen sind ihren Toten nah. So soll es sein.

Daß unsre Abgelebten Anstoß daran nehmen, wenn über ihnen das Leben weitergeht, das scheint mir unwahrscheinlich. Der Totenfriede ist die Erfindung derer, die mit dem Sensenmann auf Kriegsfuß stehn: Ein lautes Lebenszeichen könnte ihn provozieren. Die feierliche Leisetreterei auf unsern Gottesäckern gibt sich als Ehrfurcht aus und ist in Wirklichkeit nur Ausdruck blanker Angst. Am liebsten sähe man den Tod zur Gänze ausgezont, Friedhof als Sperrbezirk, Zutritt allein für Leichen.

Nein, ich habe die Empörung nicht geteilt. Traurig bin ich gewesen, unendlich elend.

Für Helen war die Scheidung klar. Verziehen wurde in der Bibel, die man täglich las, im Leben galten andere Gesetze. Ich bat sie immer wieder um Vergebung, weiß Gott, und ich beteuerte die reine Wahrheit: Helen, ich hab dich gern, ich möchte bei dir bleiben. – Ihr spitzes, angestrengtes Hohngelächter macht mich noch heute schaudern. Leg dich zu deinem Luder, du gemeiner Schwätzer, rühr mich nicht an, laß deine Hände von den Kindern, geh weg, geh weg. – Und Helens Vater, ein angesehener Professor für Siedlungswasserwirtschaft und Präsident der evangelischen Synode, erklärte telefonisch: Ein Kerl wie du verdient die Rute, dann Zuchthaus, Zuchthaus. – Mein eigner Vater aber reiste an im Sonntagskleid und musterte mich zitternd und sagte tonlos »Schandfleck« und reiste wieder ab. Dies war sein letztes Wort. Ich sah ihn nie mehr.

Die gute Tat ist rasch erklärt: Bravheit spricht keine Bände. Geheimnisvoll ist nur der Fehltritt und unergründlich nur der Sünder. Kein Protokoll erfaßt ihn, kein Zeuge und kein Richter ahnt je, was wirklich war. Hier das Vergehen, das hundertfach verästelte Motiv, dort die begrenzte Anzahl vorgestanzter Sätze, die täppischen Empörungs- und Erklärungsformeln. Alles so torsohaft, so maßlos krumm und windig.

Wer weiß denn beispielsweise, daß ein Reißverschluß am Anfang meiner Lebenswende stand und daß ich ohne ihn noch heute Pfarrer und Gatte Helens wäre? Ich allein. Und dabei ist selbst diese Rückwärtsdeutung nur provisorisch akzeptabel, ein Notbehelf und eine pflaumenweiche Krücke. Ich hätte damals am Luganer See zu Kezi sagen können: Wo denkst du hin, der Hemdenzipfel ist verklemmt, das bring ich selbst in Ordnung, geh nur hinein, ich komm gleich nach. – Ich hab es nicht gesagt. Warum nicht? Weil das, was folgte, folgen mußte, weil ich – aus Gründen, die mir damals durchaus dunkel schienen – reif und empfänglich war für eine Wende.

Die wahren Gründe sind inzwischen (zumindest fragmentarisch) rekonstruiert, vielleicht sogar bloß konstruiert, denn ohne Spekulation kommt keiner aus, der rückwärts blickt. Historiker sind stets verkappte Dichter, also Schnüffler, die leidenschaftlich jeder Fährte folgen, ohne den Hasen, der längst im Pfeffer liegt, je aufzuspüren. Ich sag wie jeder andre Mensch nur zweierlei. Erstens kam alles, wie es kommen mußte, zweitens begrüße ich (im Rückblick) das, was kam.

»Die wahren Gründe«: Es sei schnell preisgegeben das schwächste Glied in jener Kette, die zur Untat führte. Drei Wochen vor der letzteren befand sich Helen – um mal auszuspannen – mit ihrer Freundin Elsa Wolf für ein paar Tage in Merlischachen am Vierwaldstättersee. Und schickte mir aus Merlischachen eine Ansichtskarte! – Bitte, ist das die Art von Eheleuten? Schickt man als Ehefrau dem Gatten eine Ansichtskarte? Ist eine Ansichtskarte nicht das Zeichen der betonten Freundlichkeit, das heißt der deprimierenden Distanz? Gut, einverstanden, alles nicht halb so schlimm, nur, was mir Helen schrieb, *das* machte mich denn doch ein bißchen stutzig. Sie schrieb (es will mir nie mehr aus dem Kopf): Hoi Schnäggli, ich schick Dir viele Grüße aus Merlischachen, der See wirkt sehr belebt, denn es hat viele Segelschiffchen drauf, bis bald, D. H.

Das ist ja sehr wahrscheinlich lieb. Und doch war ich im Innersten befremdet, und für Minuten schien das Gefühl der jahrelangen Nähe wie gelöscht. Ich las die Karte immer wieder. Soso, der See wirkt also sehr belebt dank vieler Segelschiffchen, ei wie nett. Und plötzlich stand in meinem Schädel der ungeheuerliche Satz: Ich habe Helens dünne Beine und ihren faden Hintern satt.

Ein schwaches Glied ist diese Ansichtskarte, ich weiß, ich sagte es bereits. Doch darf Kausalforschung auch schwache Glieder nicht verschmähen, denn scheinbar Nebensächliches summiert sich und wird – vor allem in der Ehe – jählings schwergewichtig. (Als Therapeut macht man sehr häufig die Erfahrung, daß sie – die schwachen Glieder – geradezu sturmzeichenhafte Relevanz gewinnen und daß sich viele Paare erst durch sie dazu bewegen lassen, die psychologische Beratung aufzusuchen.)

Schluß aber jetzt mit dieser Merlischacher-Sache. Sie trug, wie mehrfach angetönt, zum späteren Schlamassel nur Minimales bei. Es gibt fürwahr der Wirkursachen prominentere. Doch davon später.

Ich leere beide Aschenbecher.

Frosch hin, Frosch her. Trotz allem und immer wieder gute, fast zärtliche Gefühle. Kein Haß, nur Gegen-Groll von Zeit zu Zeit. Auch Ungeduld: Vater, laß ab von mir. Brauchst deinem Schandfleck kein gemästet Kalb zu schlachten, nur etwas freier atmen solltest du ihn lassen. Warum so unversöhnlich. Warst auch nicht ohne Fehl. Warst auch ein Mensch.

4

Schau dir die Kalberei an: Wie war es früher, wie ist es heute. Früher bist du in den Stall gekommen, am Morgen, und das Kalb stand schon auf allen vieren, frisch und quicklebendig. Wie geschmiert ging alles, pflutsch, und draußen war's. Und heute? Sie kalbern nicht mehr gern, die Tiere, weiß Gott warum, bald jede zweite Kuh ist eng im Schloß und braucht den Viehdoktor, die Kälber liegen krumm im Bauch und wollen steiß- und hinterfußvoran heraus, und meine Meinung ist: Die Tiere werden erstens überzüchtet, und zweitens liegt kein Segen auf der künstlichen Besamung, was willst du machen, das ist heute Brauch. Es gibt ja keine rechten Stiere mehr, vielleicht in Zürich oder Bern, in diesen Zuchtanstalten, da stehen noch vereinzelte, die zapft man ab, und das gefällt mir nicht, gell Rösli. Theater hast du nie gemacht, das muß ich sagen, komm, steh auf, ganz ring hast du gejungt, das fünfte Mal schon, vor drei Wochen. Gerstenmehl muß man den Tieren geben, fünf Wochen vor dem Kalbern bis zur Geburt, das hat mein Vater selig schon gemacht, Gerstenmehl und etwas Hafer, das bewährt sich, gell du, Rösli, Gerstenmehl und Hafer, dann Gras und Heu zum Schluß. Was gäbe dir der Waser? Stroh und Salat und Heublumendreck, aber eben, das ist ein Bastler und kein Bauer, und seine Hände sind zum Joghurtessen recht. Ein feines Tier, gutmütig und bei Kräften, kreuzbrav, das Euter rassig, und einen Strahl hat die, man könnte einen Großbrand damit löschen, zwei Mal elf Liter, gell, da staunen sie in der Zentrale. Der kann doch nicht mehr melken mit seinen alten Pfoten, denken sie, und leeren zähneknirschend deine volle Kanne, jaja, noch ist der Thalmann auf dem Posten.

Vor einundsechzig Jahren, im Welschland, als ich ein grünes Knechtlein war, da gab's noch Stiere, sapperlot, und nichts von künstlicher Besamung, und statt Traktoren Ochsen. Und da stand eine Kuh im Stall, merkwürdig, vom ersten Tag an hab ich sie gehaßt und sie mich auch, und die wird eines Tages stierig, und immer, wenn ich miste, schlägt sie aus und bockt und juckt herum wie närrisch. Sonst eine prima Milchkuh. An einem Sonntagabend mach ich die Streu, und wieder schlägt sie aus, ich denk, wart nur, du Luder, und halte ihr die Gabel ein bißchen hin, und sie schlägt prompt hinein mit einem Hinterfuß, und anderntags hat sie die schönste Blutvergiftung am linken Bein, der Meister tobt, der Doktor kommt, sie wird behandelt, alles umsonst, sie frißt nicht mehr, wird magerer von Tag zu Tag, kann nicht mehr stehn und gehn, man muß sie schlachten, sagt der Viehdoktor. Commis! befiehlt mir der Patron, spann die Ochsen ein und bring den Krüppel in die Metzg. – Wir schleppen sie hinaus, zu viert, und brauchen eine halbe Stunde, bis sie im Karren liegt, dann fahr ich los. Ich halte vor der Metzg, steig ab und geh hinein und sage forsch: Voilà la vache. – Bon, sagt der Chef und spuckt in seine Fleischerhände, laden wir ab! – Und wie wir vor die Türe treten, ist nichts mehr da, kein Wagen, keine Ochsen, nichts, nur eine Wolke Staub am Horizont, wir rennen los, ich und der Metzger, und finden einen Trümmerhaufen am Dorfausgang, die Kuh liegt mitten auf der Straße, der Wagen ist zersplittert an einer Pappel, und vor der Friedhofsmauer grasen die zwei Ochsen. Mach, daß du heimkommst, sagt der Metzger, du kleiner Scheißer, du stehst hier nur im Weg. – Ich zottle mit den Ochsen ab, und wie ich eintreff auf dem Hof, kommt grad der Meister aus dem Stall und fragt: Wo ist der Wagen? – Ich sage: Futsch. – Und er brüllt: Futsch? und setzt sich auf den Miststock und schaut mich lange an und sagt: Thalmann, du bist des Teufels.

Und vierzehn Tage später passiert noch diese Sache mit der Meisterin, was bin ich für ein Torenbub gewesen, ich steh vor meiner Kammer auf dem kleinen Holzbalkon, die Nacht ist klar, und ich denk: Alles schläft. – Und plötzlich steht die Madame neben mir, sie ist bald dreißig, ich achtzehn, und eine Sternschnuppe saust durch den Himmel. Ich hab mir was gewünscht, sagt sie, und ich frag: Was? und sie haucht: Alles!, legt ihren Kopf an meinen Hals und flüstert: Komm. – Ça ne va pas, würg ich heraus, le patron, le patron. – Sie sagt: Le patron dort toujours, und auf deutsch sagt sie: Komm, du keuscher Josef. – Und ich denk plötzlich: Ich bin nur einmal jung. – Aber eben, um in einen Kuhfladen zu trampen, braucht's keinen Anlauf. Kaum ist das Lämpchen aus, hör ich ein Keuchen auf der steilen Hühnertreppe, die Tür fliegt auf, im Zimmer steht der Meister. Er stellt die Stallaterne auf den Stuhl, merkwürdig ruhig, macht eine Kopfbewegung hin zur Frau und zischt: Va-t'en! – Sie huscht hinaus, und jetzt geht's los, potz Heiland Donner, ich hab mich nicht gewehrt, und anderntags sitz ich im Zug und fahre heimwärts. Und Onkel Max, der seit dem Tode meines Vaters im Jahre sechzehn unsern Hof führt, schüttelt nur den Kopf und sagt: Aus dir wird nichts. – Sechs Jahre später, anno achtundzwanzig, übernehm ich Haus und Hof, und fünfundfünfzig Jahre sind seither vergangen.

Es soll doch keiner sagen, ich hätte kein Verständnis für die Jungen, ich war ja auch mal jung, und wie, und Engel sind wir dann im Himmel, sag ich zu Klär, das heißt noch lange nicht, daß man sich so benimmt wie unsre Jungen. Anstand, das gab es früher, das gab's, und heute laufen sie an dir vorbei, die Jungen, und schauen dich frech an und tun kein Maul auf, gegrüßt wird nicht mehr, und die Eltern, was sagen die dazu? Höflichkeit kann man nicht fordern, sagen die heutigen Eltern. Früher hieß es: Sag schön Grüezi, heute heißt es: Man darf die Kinder zu nichts zwingen, macht, was ihr wollt! heißt's heute. Den Rest kannst du dann in der Zeitung lesen. Wenn man Pflanzen nicht stutzt, wachsen sie langsam und krumm, so ist's auch mit den Kindern, das jedenfalls ist meine Meinung. Schlag heute eine Zeitung auf, du glaubst, du siehst nicht recht, nichts als Mord und Niedertracht und Sport, und pausenlos wird eingebrochen und gestohlen, alles wird pausenlos geraubt und weggeschleppt. Die Strolche werden nie erwischt, gar nie, und wenn man doch mal einen fängt, dann heißt es: schlimme Kindheit, schlimme Jugend, armer Teufel.

Der Stettler Ernst bewohnt ein Haus am Stadtrand, er und seine Frau, die Ida, und beide fahren Velo. Dasjenige von Ernst fehlt eines Dienstagmorgens, einfach weg vom Vorplatz, er geht zur Polizei und meldet's. Am Mittwoch läutet jemand an der Haustür, da steht ein junger Mann samt dem vermißten Velo und sagt: Ich habe es entwendet, doch mein Gewissen, mein Gewissen. – Entschuldigt sich x-mal und sagt, er möchte ihnen eine kleine Freude machen als Entschädigung für ihren Ärger und zieht zwei Eintrittskarten für das Stadttheater aus der Tasche, für Freitagabend. Ida ist ganz gerührt, Ernst auch, im Bett sagt Ida: Siehst du, es gibt noch Positives, nur steht's nicht in der Zeitung. – Ernst sagt: Ich könnt ja einen Leserbrief verfassen, und Ida sagt: Mach das. – Am Freitag gehn sie ins Theater. Wie sie spät nachts nach Hause kommen, ist die Haustür aufgebrochen, die halbe Wohnung ausgeräumt, Teppiche, Silberbesteck, Uhr, Schmuck, alles ratzekatze abserviert, und in der Badewanne liegt ein durchnäßter Zettel, und darauf steht: War's nett im Theater? – So geht das heutzutage, und man erwischt die Schelme praktisch nie, und wenn man sie erwischt, dann sagt man: Schlimme Kindheit undsoweiter. Anno sechzehn hat sich mein Vater erhängt, hier in diesem Stall, und ich war zwölf. Anno zwanzig fällt meine Mutter unglücklich von der Leiter, am elften Oktober, beim Birnenpflükken, und sie steht sofort wieder auf und lacht und sagt: Ich bin aus Gummi. – Sie greift sich an den Kopf und wird ohnmächtig, und fünf Minuten später ist sie tot, Hirnblutung, bin ich deswegen kriminell geworden? Kein Mensch auf Erden weiß, was ich gelitten habe, der letzte, der das an die große Glocke hängt, bin ich, und heute kannst du stehlen, quälen, morden, bist immer entschuldigt, hast immer mildernde Umstände, wirst letzten Endes immer für unzurechnungsfähig erklärt, keiner, der Schlechtes tut, ist heutzutage selber schuld, keiner muß gradstehn für seine Tat, denn er ist selbst auch nur ein armes Opfer, und am Schluß kommt der Atomkrieg, und alles wird ausgerottet, und keiner ist schuld.

Mein Vater ist heimgekommen auf Urlaub, anno sechzehn, im Februar, aus dem Militärdienst, ich war zwölf, er ist am Stubentisch gesessen und hat geschlottert und gesagt: Der Mensch ist bös, wir steigen von Flums-Großberg auf die Alp Madils, ich trag Tornister und Gewehr, und unser

Leutnant stemmt mir noch eine Kiste auf den Buckel, Munition, gut dreißig Kilo schwer, und der Gefreite Kobler sagt zu mir: Wir wechseln selbstverständlich ab, du trägst die Kiste auf die Alp Madils, dann nehm ich sie dir ab und trag sie weiter auf die Broder Alp, das ist nichts als Christenpflicht. – Wir haben zwölf Grad unter Null, auf der Madils bin ich durchnäßt und komplett fertig und laß die Kiste in den Tiefschnee plumpsen und sag zu Kobler: So, Herbert, da hast du diese Dreckladung, ich dank dir, gell. – Und Kobler sagt: Meinst, ich bin blöd, trag sie doch selber. – Ich sage: Aber Herbert, das haben wir doch abgemacht. – Er sagt: Leck mich am Arsch. – Ich sag: Bist ein gemeiner Hund. – Und er sagt: Ach herrjeh, soll ich dein Mami holen, damit es dir die Tränlein trocknet, du Bubeli, du Schlappschwanz, du Jammerlappen, du verreckter. – Ich schlag ihm ohne Wucht die Fäuste ins Gesicht, und sofort kommt der Leutnant angestapft und schreit: Thalmann, das kostet Sie den nächsten Urlaub, Sie sind ein saubrer Kamerad, vorwärts, Sie tragen jetzt die Kiste, und das ist ein Befehl! –

Stockend hat mein Vater das erzählt, am Stubentisch, und hat gezittert und war ganz blaß, und unsre Mutter hat ihre Hand auf seine Hand gelegt und hat gesagt: Es gibt so viele gute Menschen. – Und er ist sofort aufgestanden und hat gesagt: Bosheit regiert, ich mache jetzt den Stall, mußt mir nicht helfen, Gustav, und ihr, Klemens und Wendel, schaufelt Schnee, man kommt ja kaum zur Haustür. – Dann ist mein Vater in den Stall gegangen, und kurz nach sieben hat der Wendel ihn gefunden.

Plötzlich ist alles aus, der Pfarrer spricht von der höheren Heimat, und sie verscharren dich, alles geht weiter, und kaum hat dein Grabstein Moos angesetzt, wird er weggeräumt, der Platz ist knapp, kaum bist du vermodert, hörst du die Hakke, sie verlochen den nächsten, und deine Zähne bekommen Gesellschaft, und deine zerfressenen Rippen verrotten weiter, zusammen mit denen des frischen Kumpans, so geht's. Fast dreißig Jahre lang habe ich Menschen begraben, aus drei Gemeinden, zirka fünf Menschen pro Jahr, und immer habe ich gedacht: Eines Tages begreif ich, was ich da tu, eines Tages versteh ich sogar den Tod, und ich hab Freunde und Feinde beerdigt, auch meine Gret und auch die jüngste Tochter, Anna, und immer habe ich gedacht: Eines Tages wird's hell, eines Tages kapiere ich Leben und Tod, eines Tages meldet sich, während ich schaufle, eine Stimme und sagt mir, um was es geht, und sagt mir warum und wozu und wohin. Nichts, nichts ist geschehn in all den Jahrzehnten, jetzt bin ich alt und melk das Rösli und fasse weder Welt noch Herrgott.

Vielleicht hätt ich mehr Bücher lesen müssen, vielleicht steht dort, worauf es ankommt, ich weiß es nicht, ich glaub es kaum. Keine zehn Bücher hab ich gelesen, wann hätt ich lesen sollen, ich habe keine Zeit dazu gehabt. Anna hat viel gelesen, vor allem auf dem Krankenlager, und oft hat sie gesagt: Vater, hör zu, und hat mir etwas vorgelesen, und das war immer etwas Trauriges. Was liest du da für Sachen, hab ich gesagt, das ist doch nichts für dich. Und Anna hat gesagt: Wer sterben muß, darf traurig sein. – Anna, hab ich gesagt, du mußt nicht sterben, du überstehst die Krankheit, ganz gewiß, und Anna hat gelächelt und hat mir dreimal etwas vorgelesen, nein viermal, fünfmal, und ihr Gesicht ist weiß und voller Tränen, und ich steh hilflos da und höre zu und kann die Worte meiner Lebtag nicht vergessen, »immer folgt das Ohr der sanften Klage der Amsel im Haselgebüsch«.

Ich glaube, der war auch nicht froh, der das geschrieben hat, ich glaube, sie sind selten glücklich, diese Leute, drum sterben ja die meisten ziemlich früh wie die Studierten auch. Wer einen Hund hat, habe ich gelesen in der Zeitung, lebt länger, als wer keinen hat, ob's wahr ist, weiß ich nicht, es steht noch manches in der Zeitung. So oder so, einmal tritt jeder ab, früher hat dich die Pest geholt, heute kommst unter ein Auto, früher bist du verhungert, heute krepierst an Verfettung, fünfundzwanzigtausend Tonnen Fett zuviel schleppt unser Volk mit sich herum, steht in der Zeitung, es ist verrückt, die andern läßt man verdorren, der eigne Arsch gedeiht. Selber fressen macht feiß, sagt man sich hier und streichelt seinen Ranzen und mästet sich zu Tode, weiß Gott, das Land ist nicht mehr, was es war, und draußen in der Welt spürt man das auch, und wenn die Klär die Fahne aus der Truhe holt am Bundesfeiertag und vor das Fenster hängt, dann schlägt mein Herz nicht mehr wie früher, das find ich selber schade. Reichtum macht fett und schlecht und selbstgerecht, und nie im Leben möcht ich reich sein, auch wenn man alles darf, sobald man reich ist. Es gibt ja hierzulande massenweise Millionäre, und jeder macht, was ihm grad paßt, und angelt Geld durch hundert Hintertürchen und ist ein Ehrenmann, und wenn er Pech hat, wird er mal erwischt und zahlt belustigt ein paar Fränklein Buße und bleibt ein Ehrenmann. Doch wenn du Bauer oder Käser bist und hie und da die Milch ein bißchen abrahmst oder wässerst, kommst du ins Loch und bist erledigt, so ist das doch. Vor dem Gesetz ist jeder Bürger gleich, das steht in der Verfassung, recht so, sag ich, ungleich sind nur die Ellen der Justiz. Der Hans zertrümmert eine Scheibe, der Fritz das Auge einer Frau. Hans kommt ins Loch, und Fritz wird freigesprochen, und Fritz ist Polizist. Hans tätschelt einer Fünfzehnjährigen die Hinterbacken, Fritz trampelt einer Zwanzigjährigen mit Stiefeln auf dem Bauch herum. Hans kommt ins Zuchthaus, und Fritz wird freigesprochen, und Fritz ist Polizist. Und dann sitzt man im Löwen mit alten Kameraden aus dem Schießverein und sagt, was man so meint, und sie empören sich und sagen: Du roter Strolch, seit wann schwärmst du für Krawallanten und schlampige Straßengeigen? – Ich sag: Schwatzt doch kein Blech, die Polizei ist nötig, das weiß ich auch, und Demonstranten sind nicht meine Freunde, aber Unrecht bleibt Unrecht, was schief ist, ist schief, und das muß gesagt sein.

Ich geh jetzt immer seltener ins Wirtshaus, ich habe ja die Klär, ich hab den Stall, und ab und zu begreif ich auch die Jungen. So viele alte Leute wollen nichts mehr wissen und sind so seltsam blind und starr und babbeln stets das gleiche, und manchmal sag ich mir: Auch du bist am Verschimmeln. Drum melk ich ja so gern, beim Melken kannst du denken, kannst dies und jenes überlegen, so bleibt man wach, gell Rösli. Elf Liter Milch, und das in einer Viertelstunde, bist ein Schatz.

5

Und wenn der Patron tief geschlafen hätte in jener Sternennacht? Was dann, du Schlingel? Dann hätte sich das Knechtlein rasch bedient und wär mit hohem Puls und roten Backen hineingeschlittert in die Sünde.

Schwamm drüber.

Ich weiß, mein Fall lag anders, ich weiß es ja, du Quälgeist.

Franz ist dein Sohn, Franz ist so zäh wie du, so zäh wie deine Faust, die sich in seinem Rachen ballt. Die Nacht ist lang, ich habe Zeit.

Er hatte, was man früher eben hatte: Prinzipien. Und wäre unsre Mutter nicht gewesen, die dann und wann ein Luftloch ins hermetische Gehege bohrte, in das uns seine wuchtige Erziehung pferchte, wir wären allesamt erstickt.

Fast nichts weiß ich von meiner Kindheit. Als steifes Bübchen seh ich mich, das, wenn es Milch verschüttet hat, dem finstern Vaterblick mit Tränen zuvorzukommen sucht. Wie aussichtslos! Er war doch unbestechlich! Und strafte also beides: die Ungeschicklichkeit sowie die Tränen. Und meinte es nur gut, wie alle.

Wohin und wie schnell ich auch rannte, ein väterlicher Grundsatz nahm mich in Empfang und rief: Ich bin schon da.

Was tat ich? Zweierlei. Ich wurde äußerlich ein Musterknabe und in der Phantasie ein renitenter Unflat. Ich schloß mich ferner innig und vertrauensvoll dem lieben Gott an. Doch der sah alles, also auch mein unfolgsames Innenleben. Und unversehens war ich doppelt kontrolliert.

»Du issest deinen Grießbrei fertig!« – Ja, Vater, sagte ich und dachte: Nein, du Lööli. – Und aß den Grießbrei fertig und bat im Bett den lieben Gott, mir meine Bosheit zu vergeben.

Früh fühlte Franz: Autorität hat zwei Gesichter, ein gütiges und ein bedrohliches. Wer mich beschützen kann, der kann mich auch bestrafen. Der starke Stab des Hirten verspricht Geborgenheit, doch wehe, wenn ein Schäfchen blökt.

Schutz ist auch Überwachung. Geborgenheits- und Angstgefühle sind so fatal verschwistert, daß wir uns jenen Mächten, die uns Angst einflößen, vertrauensvoll auf allen vieren nähern, im Glauben, sie gewährten Schutz und Trost. Starkes hat immer Zulauf. Das Mächtige kann seine Fans zermalmen, kann wahllos wüten unter seinen Jüngern und bleibt ein Wallfahrtsort trotz allem. Gott peinigt Hiob mörderisch, und Hiob bleibt sein Knecht. Gott liefert seinen eingebornen Sohn ans Messer, und dieser bleibt sein Sohn. Ich kenne Frauen, hoffnungslos vernarrt in muskulöse Gattenarme, die sie täglich schlagen.

Reuz war sein Name, Stahlstimme, strenges Kinn und knappe Lippen. Ein Sekundarschullehrer. Ein Tyrann. Ein gnadenloser Mensch. Wir zitterten vor jeder Stunde. Wie ist er heute wohl gelaunt? Wird er uns schlachten? Und es herrscht Totenstille, wenn er eintritt, und unverzüglich stehen alle auf, denn wer es eine Spur zu langsam tut, der wird das erste Opfer. Ich schaue Reuz nicht an. Ein Blickkontakt erhöht die Chance, sofort dranzukommen. Und überdies ist seine Miene unerträglich steinern und bietet keinen Hinweis auf das Kommende. Tag miteinander, sagt er väterlich, wir repetieren heute ... nicht. – Dann lächelt er verschmitzt und sagt: Wir nehmen's locker, falls ihr einverstanden seid. – Wir lächeln ebenfalls, und nicht einmal beflissen, sondern echt entspannt, weg das Beben, aus der Krampf, er ist ein Mensch, der Reuz, er hat Gefolgschaft, mehr jedenfalls als seine milderen Kollegen, Reuz ist beliebt.

Vater läßt fünf gerade sein. Der Lehrer drückt ein Auge zu. Der Oberst gibt der Truppe früher Urlaub als befürchtet. Der Präsident begnadigt. Der liebe Gott treibt keine Prüfung auf die Spitze, und wenn er einen beutelt, so segnet er ihn nachher und schenkt ihm tausend Eselinnen und vierzehntausend Schafe und Rinder und Kamele und ein langes Leben.

Die Macht muß hie und da human erscheinen, dann glaubt das Volk, sie sei viel netter als ihr Ruf.

Es wirkt zum Beispiel äußerst menschlich, wenn Mächtige mit ihrem Hündlein spielen. Auch ein sporadischer Verzicht auf die Krawatte kann Wunder wirken. Zeigt sich die Macht gar in der Badehose, atmen die Untertanen auf, verdoppeln ihre Treue und schwimmen trällernd mit.

Es ist bekannt, es ist ja alles so enorm bekannt. Fast jeder Mensch vertrottelt folgsam, fast jeder sieht den Inhalt seines Lebens darin, dienstfertiger Statist zu sein in einem ganz und gar vermaledeiten Affenstück, fast jedermann hält seine anerzogene Debilität für Klugheit. Stumpfsinn ist Trumpf, Großsprecherei grassiert, vermischt mit rettungsloser Bravheit. Skelette sind am Ruder und feuern ihre vollgefressenen Trabanten erfolgreich an zur Tücke. Der korrumpierte Spießer, der samstags Frau und Auto bürstet und sonntags Fußball schaut, beherrscht das Feld. Das Ideal ist die perverse Seele, denn sie allein gilt als normal und köstlich. Nüchtern, das heißt, im Lichte der verstorbenen Vernunft betrachtet, gibt es nichts Grauenhafteres als ein Geschlecht, das auf die eigne Einfalt und Bestochenheit noch stolz ist. Hier wird das fast schon Höllische Ereignis, hier ist das Lumpigste getan, hier zieht nichts, aber gar nichts mehr hinan.

Ein paar Schritte zurücktreten. Fernhaltestrategien mustern. Ich trau nicht dem Ironiker. Sein Gegen-Satz klebt noch zu sehr am Satz. Er hascht nach Einverständnis, ist also sozial und eitel. Einsamer schon der Selbstironiker, zuhause zwischen Masturbation und Masochismus. Er aber gibt dem Schlechten recht, weil er sein Leiden daran nicht mehr ernst nimmt. Sich selber zu belächeln ist spielerischer Freitod. Der Selbstironiker versucht sich doppelt abzukoppeln: Entsagt der Welt und spottet seiner selbst und träumt in schwachen Stunden von einem Gegenüber, das ihn nicht winzig findet. Und Zyniker? Ich mag sie nicht. Sie stehn mit einem Bein im Sumpf, den sie verneinen. Sie machen mit. Sie tun das Falsche im Wissen, daß es falsch ist, und das ist ihre hartgesottne Form des Abstandnehmens vom Verfehlten. Dem Zyniker ist nicht einmal die eigene Verzweiflung heilig. Nicht daß er – selbstironisch – sie belächelte: Er leugnet sie. Verzweiflung, die nicht zu sich steht, schlägt um in Nordwind.

Humor hingegen. Fast unbeschreiblich. Ein seltsam lieblicher Bastard, ein Kind der Liebe und der zarten Traurigkeit. Humor tobt nicht. Und Billigung wär ihm zu billig. Ganz unaufdringlich, tastend, schamhaft schlägt er Versöhnung vor. Humor ist warm und dunkelgrün und blüht beherzt und rätselhaft inmitten des Vergeblichen.

(Als Theologe außer Dienst muß ich bekennen: Im Buch der Bücher wächst diese Pflanze kaum. Propheten und Apostel sind allzu sehr verstrickt in ihr Geschäft. Mit barscher Strenge geißeln sie das Laster, und auch die Seligkeit ist eine ernste Sache und will entsprechend feierlich versprochen sein. Christus ist dann und wann sarkastisch, befreiend lachen tut er nie. Doch Gott! Ihn stell ich mir, wenn ich, was selten vorkommt, in ganz gelöster, ja übermütiger Verfassung bin, als großen Humoristen vor. Denn er hat alles, was es dazu braucht: Abstand und Liebe, Sinn für das Unzulängliche und ziemlich viel begreifliche Melancholie.)

Pfäffchen. Muß denn gepredigt werden heute nacht? Glaubst du, dein angestrengter Singsang verjage einen Frosch?

Laß mich. Ich glaube, was ich glaube, ich tue, was ich tue, ich bitte um die Gnade, nicht befragt zu werden, ich möchte zum Verstummen bringen, was mich ständig rügt. Ich möchte also selbst verstummen, vielleicht sogar an einem leisen Strand versanden.

Doch dazu ist es noch zu früh. Zwar bin ich fünfzig nächstes Jahr und phasenweise so entsetzlich schlaff, als zirkulierte schwarzes Blut in meinen Adern. Dann schluck ich Vitamin und neuerdings auch Ginseng, und nach dem Aufstehn beug ich zwanzigmal den Rumpf und kichere elastisch in den Spiegel. Man muß sich wehren. Auch der Beruf verlangt es. Ein abgezehrter Therapeut ist unglaubwürdig.

Nein, mit Versanden eilt es nicht. Vielleicht schaff ich den Einklang mit mir selbst und mit der Welt noch vorher. Anzeichen dafür gibt es. In hellen, überwachen Augenblicken kann es geschehen, daß ich spüre: Alles ist liebenswert, sogar der Franz. Freilich gibt es auch andere Momente, scharf und empfindungsklar auch sie. In diesen anderen Momenten kann es geschehen, daß ich spüre: Alles ist hassenswert, am meisten Franz.

Synthetisiert man diese zwei Extremgefühle, entsteht – in meinem Fall – das folgende Bekenntnis: Ich sage nicht, daß man die Welt mit allem Drum und Dran ganz generell verfluchen müsse. Es gibt fürwahr auch Hübsches. Dies zu betonen ist heute schick, ich weiß, ich sag es trotzdem, ich darf es sagen im Gegensatz zu jenen Fahnenflüchtigen, die ihren gestrigen Ekel laut bewitzeln und die sich heute modisch positiv gebärden. Mein Grundsatzwiderwille bleibt, und unverbrüchlich ist mein Weltschmerz, doch fettes Gras und tadelloses Wetter sind mir rasend lieb. Und Frauen, mit Verlaub. Sofern sie weiche Augen haben und nicht schnattern. Sofern sie weißbeschuhte Sonnenbrillenmänner links liegen oder stehen lassen. Sofern sie ihrerseits nicht kätzchenhaft, nicht wimpertuschig tun, nicht jenes präparierte Standardhuhn spazierenführen, von dem sie leider Gottes – und leider Gottes oft zu Recht – mutmaßen, daß es die Herrenwelt nachhaltig stimuliere. Die Stimme ist das heikelste Organ der Frau, und wenn sie stimmt, die Stimme, so muß man dankbar sein. (O Kezi, Kezi.) An nächster Stelle folgt die Nase, sehr problematisch, oft mißglückt und oft trotz allem noch verknurrt zum Tragen einer Brille. (O Helen.)

Ich liebe also manches. Von Zeit zu Zeit ist selbst die Haltung mir selber gegenüber eine gnädige. Mich stürmisch zu bejahen lag mir indessen immer fern, ich muß zufrieden sein, wenn sich dezente Sympathie ereignet. Mehr liegt nicht drin. Daran hat auch ein Seminar in Boston nur kurz gerüttelt, ein Seminar, in welchem ich weisungsgemäß schon vor dem Frühstück anfing, mich auf der ganzen Linie okay zu finden. Da mir auch alle andern Kursteilnehmer unterstellten, ein flotter Kerl zu sein, und da sogar die Therapeutin in einer informellen Leermondnacht mich nicht verwarf, so kehrte ich gehoben in die Schweiz zurück. Ein Zollbeamter in Zürich-Kloten empfing mich bei der Ankunft reserviert und untersuchte gründlich mein Gepäck. Ich schlotterte. In einer Alufolie im Toilettenbeutel befand sich ein gepreßtes Plättchen Haschisch. Der Zöllner sah es nicht. Er machte schließlich eine rasche Handbewegung und murmelte: Okay.

Nachts lag ich lange wach und fand die Episode heimelig und ziemlich sinnreich.

Ich denke an Herrn Mumpf. Der war auch Zollbeamter. Und dem verdank ich einen Fingerzeig auf das bisweilen so bizarre Gepräge unsrer Seele. Mumpf gibt es nicht und gab es nie. Mumpf ist nur ein fiktiver Zollbeamter, aber stämmig. Pechschwarzer, starker Schnauz.

Frau Oberholzer kam wegen chronischer Verstopfung und Onychophagie in die Beratung. Statt

Onychophagie darf man auch sagen: Nägelkauen. Item. Wer an sich nagt, straft sich für irgend etwas. Das Nagen seinerseits gilt als verpönt, muß also wiederum bestraft sein. Hier bietet sich nun die Verstopfung an: Man straft sich selbst, indem man das, was man verpönterweise frißt, nicht ordentlich verdaut. Dies war – extrem vereinfacht referiert – mein Ansatz. Frau Oberholzer stand im fünften Ehejahr. Und in der vierten Stunde sagte sie: Mein Mann küßt mich fast nie, und wenn, dann uneindringlich. – Hm, sage ich. Hingegen, sagt Frau Oberholzer, nimmt er mich jede Nacht. – So, sage ich, das ist ja eigentlich erfreulich, vorausgesetzt, daß es auch Ihnen Spaß macht. – Es macht mir große, große Freude, betont Frau Oberholzer und weint still vor sich hin. Nach einigen Minuten folgt stockend ein Bekenntnis: Und ich betrüg ihn schamlos, jede Nacht. – Das hieße also, daß Sie jede Nacht intimen Umgang mit *zwei* Männern haben? – Ja und nein, sagt sie erwartungsvoll, als hoffe sie, daß ich nun selber auf die Lösung komme. Ich aber runzle nur die Stirn, und endlich sagt Frau Oberholzer trotzig: Ich brauche einfach einen Zollbeamten, ich käme ohne Mumpf niemals zum Höhepunkt. – Mumpf heißt er also, murmle ich, da mir im Augenblick nichts Klügeres einfällt. Ja, sagt sie eifrig, ich sag Herr Mumpf zu ihm, ich sieze ihn, er ist ein strenger Zollbeamter, immer in Uniform, am schönsten ist es, wenn er mich erwischt beim Schmuggeln, das macht ihn wild, Sie müssen aber wissen, daß Mumpf nicht wirklich existiert. – Aha, sag ich, das dacht ich mir, Sie stellen sich Herrn Mumpf nur vor, Sie phantasieren sich den Zollbeamten. – Leider, sagt sie. Mein Mann ist von Beruf Konditor, doch ich vergesse das, sobald das Licht gelöscht ist. Wenn ich es nicht vergesse, das heißt, wenn ich mir sage, es ist ja Ferdinand und nicht Herr Mumpf, vergeht mir sofort alle Lust, ich hab es oft genug probiert. – Gut, sage ich, und diese ganze Sache belastet Ihr Gewissen vermutlich stark? – Das ist es ja, sagt sie, aus diesem Grund muß Mumpf ja immer wieder kommen und mich strafen.

Ich breche ab hier. Ich muß ehrlich bekennen, daß dieses höchst vertrackte Triebschicksal mich überforderte, obwohl ich sonst für jeden komplizierten Fall so dankbar bin. Ich gab Frau Oberholzer weiter an einen Analytiker, der mir nach einem halben Jahr gestand, er habe lediglich erreicht, daß sie Herrn Mumpf nun duze.

Es ist ein weiterum bekanntes Phänomen, daß mit der Eheschließung die sexuelle Phantasie ins Kraut schießt. Was man so sehr begehrte, ist plötzlich plump und sperrig da und schnarcht womöglich. Die gegenseitige Verfügbarkeit verleidet rasch, doch die geschrumpfte Sehnsucht und die geprellte Phantasie regenerieren sich und schweifen über das hinaus, was sie einst sättigte und was jetzt gähnend auf dem Sofa sitzt. Die innereheliche Lösung des Problems besteht nun eben darin, den altbekannten Bettgefährten ein bißchen umzudichten, ihn für die fraglichen Minuten in einen andern zu verwandeln, der nun, obgleich er ähnlich keucht, viel würziger erscheint. Daß dieser Kunstgriff manchen vor dem Ehebruch bewahrt, ist eigentlich ein Segen, und trotzdem wird er – dieser Kunstgriff – weit stärker tabuiert als der reale Seitensprung.

Ich könnte mir gut denken, daß auch Konditor Oberholzer seine Phantasien hat und sich für Augenblicke vorstellt, es seufze unter ihm Frau Zeberli, Besitzerin des Tea-Rooms nebenan und beste Kundin. Und das ergäbe dann die interessante Konstellation Mumpf-Zeberli, sehr irreal und also sehr poetisch, man darf wahrscheinlich sogar sagen, daß diese gegenseitigen Verwandlungen es sind, die jeder Ehe etwas Märchenhaftes geben.

Du siehst mit diesem Trank im Leibe bald Helenen in jedem Weibe. – Ganz klar: Was Faust da schluckt, ist Kraft zur Phantasie, ist die poetische Potenz, die Frauen umzudichten in Wesen, die zu seiner Sehnsucht passen. Wer aber hat den Trank gebraut, wer reichte Faust die Schale? Eine Hexe. Und obendrein noch auf Geheiß von Junker Satan. Voilà. Einbildungskraft ist Teufelswerk, das wußte auch Frau Oberholzer, daher ihr schuldbewußtes Nägelkauen. – Quatsch. Der Fall liegt krauser. Frau Oberholzer treibt in Gedanken Unzucht mit einem Zollorgan; und dann erklärt sie – um ihr Gewissen zu besänftigen – das gleiche Zollorgan, mit dem sie Unzucht treibt, zur Strafinstanz, die diese Unzucht ahndet. (So maßlos pfiffig ist die Frauen-, vielleicht sogar die Menschenseele.) Wie aber deuten wir das Nägelkauen? Als Zusatzstrafe? Als Strafe für die allzu raffinierte Psycho-Logik? Gar als Symptom von einer gänzlich anderen und für Frau Oberholzer unsagbaren Schuld? Ach was, ich lüfte.

Man ist umstellt. Man ist umzingelt. Wachtposten überall. Unten der Vater. Oben Gott. Der eine kümmert sich um dein Verhalten, der andre observiert dein Innenleben. Das laute Fluchen ist verboten, und untersagt ist der Gedankenfluch.

Man wird erwachsen. Und legt die Väter gelegentlich ins Grab. Und auch der liebe Gott wird zur Erinnerung. Wer ihn nicht missen möchte, sagt behutsam: Er wohnt in jedem Grashalm. – So oder so, die Posten werden abgezogen, man ist jetzt unbehelligt. Und trotzdem tut man, wie schon früher, das, was sich gehört. Der Herr vermacht dem Knecht die Herrschaft, der Knecht wird dieses klebrige Erbe nie mehr los und ist fortan dazu befähigt, sein eigner Herr zu sein. Der Knecht beherrscht sich. Er nennt die Fähigkeit, sich selbst zu knechten, Freiheit. Er tut in Freiheit das, was sich gehört. Er sagt schön Grüezi, Ja und Amen. Ganz wie früher.

Ich hielt mich nach der Pubertät an Gottes milde Seite, an den Verzeihenden, an den Erbarmer. Später, im Studium, erhob sich zeit- und ahnungsweise der Verdacht, Franz wolle Gott gleichsam entlasten, ihn befreien von seinem zornig-strengen Wesen, indem er dieses Wesen sich selber einverleibe. Franz amputierte Gottes Zeigefinger und pflanzte ihn in seine Seele ein. Die Folge dieser Transplantation war ein entschärfter Herrgott und ein scharfer Franz, der sich und andre unerbittlich kontrollierte und sich für jedes ungehörige Impülslein eins auf die Pfoten gab. Franz übernahm – mit andern Worten – Jehovas Schmutzarbeit. Oben lächelt sanft der Gütige, und unten schwitzt der Moralist, pfui Teufel.

Ich wurde also Pfarrer.

Und bald darauf auch Ehemann.

Und beides war ich anfangs gern und später gar nicht ungern und gegen Ende hin dann eher zähneknirschend. (Ganz nebenbei: Ich knirschte schon, *bevor* die Kezi in mein Leben trat, nur darum konnte Kezi in mein Leben treten.)

Seltsam: Die heile Phase meiner Ehe ist mir fern, und fern sind mir auch die erfüllten Pfarrerjahre. Es ist, als ob das Glück für die Erinnerung nicht zählte. Schämt sich der Kopf des Schönen? Ritzt nur Defektes dauerhafte Spuren in unser Herz? Warum muß ich mich heute dazu zwingen, ein frühes Bild der Liebe zu beschwören:

Sonne, Katze im Morgentau, drei Bäume. Und Helen schläft. Ich steh am Fenster. Noch räkelt sich die weiche Nacht in mir. Ich bin verdoppelt, ich trage dein Gesicht, du Sommersprossenfrau. Natürlich singen Vögel. Natürlich leckt die Katze sich. Und wäre man jetzt leer, so würde man sie tief beneiden um ihren warmen Pelz.

Warum fällt es mir heute schwer, mich zu bekennen zu jenem Schauer, der mich ergriff, als ich zum ersten Mal auf einer Kanzel stand, als ich, mit Tränen kämpfend, die Worte Michas las: »Du wirst all unsre Sünden in die Tiefe des Meeres versenken«. Statt dessen seh ich heute erstens: Die Hochzeitsreise. Hotel in Kalamata. Und Helens Nase, halb geschält, versengt von der griechischen Sonne. Ich sage: Hübsch, dein Näschen, im Farbton fast wie abendliche Rosawolken über dem Taygetos. – Und spielerisch macht Helen ihren Schmollmund und huscht ins Badezimmer. Dann schreit sie wie ein Tier, ganz grauenhaft, ich renne hin zu ihr, sie starrt mit aufgerissnen Augen in die Badewanne und kreischt, krallt ihre Fingernägel in meinen Unterarm, sie zittert, ist aschfahl. Ich lache. Es krabbelt in der Badewanne nichts weiter als ein schwarzer Käfer. Ich lache. Und Helen heult: Ich bleibe keine Stunde länger in diesem Sauhotel! – Ich lache nochmals. Sie trommelt mit den Fäusten auf mich ein. Sie kratzt mich im Gesicht. Ich stoß sie weg und brülle: Du überspannte Geiß! – Sie stürzt ins Zimmer, wirft sich aufs Bett und fällt von einem Weinkrampf in den andern. Ich bleib im Badezimmer, desinfiziere grimmig den Kratzer an der Wange, und dann entferne ich den Käfer. Ich setz mich auf den Rand der Wanne und denk ganz rasch und kurz an Scheidung. Und denk: Sie ist hysterisch.

Und wenig später sage ich zu ihr: Es tut mir leid. – Sie schluchzt: Mir auch. – Versöhnungstaumel. Neun Monde drauf ein Kalamata-Kind, strohblond, mit Namen Salome.

Ich konstatiere heute – rückwärtsblickend – zweitens: Es gibt ein streng geheimes Pfarrerleiden, das früher oder später jeden einmal heimsucht und den Befallenen in fast so stechendes Entsetzen stürzt wie beispielsweise die Entdeckung eines Trippers. Es ist der Kreuzes-Überdruß. Ganz plötzlich, auf der vierten oder fünften Stufe, die zur Kanzel führt, stockt man, fühlt sich sekundenlang geschüttelt von einem rätselhaften Widerwillen und weiß im nächsten Augenblick: Nachfolge-Unlust, Frohbotschafts-Übersättigung. Mit Lederzunge singst und predigst du und ringst um Inbrunst und hörst verstört und wie aus weiter Ferne dein mopsiges Wortgeklapper.

Oft schlage ich am frühen Sonntagmorgen die Augen auf und stelle grenzenlos erleichtert fest: Pfarramt und Ehe liegen hinter mir.

Ich schlüpfe in den grünen Morgenrock. Und dann Vivaldi. Und dann Kaffee mit Frischbackgipfeln. Die erste, zweite, dritte Zigarette. Nie mehr sagt eine ziemlich hohe Stimme: Schnäggli, vergiß das Beffchen nicht. – Nie mehr knarrt eine Kanzelstufe unter mir.

Am Sonntagmorgen kommt es vor, daß ich mich Glückspilz nenne. Befreit von jedem Pflichtverhalten wird gefrühstückt. Niemand veranlaßt mich, ein fehlendes Gefühl mit Heuchelei zu überbrücken. Das ist die Sonntagsgnade. Da kann sich der Charakter, der werktags ständig sozial ist, schön erholen. Auch Zuwendung bedarf der Pausen, und sehr zu Recht schreit dann und wann sogar die Nächstenliebe nach einem Nickerchen. Man schenke diesem Schrei getrost Gehör und halte sich darum nicht gleich für böse. Gelegentliche Egozentrik ist in charakterlicher Hinsicht weit weniger verderblich als jene routinierte Menschenfreundlichkeit, der wir bei sozialberuflich Tätigen, bei Pfarrern, Lehrern, Ärzten undsoweiter, oft begegnen. Die Liebe muß ein Hobby bleiben, sonst wird sie ölig. Und so ist es mit jedem Sozialverhalten, es bleibt nur dann bei Kräften, wenn es sich weder profihaft noch pausenlos betätigt.

Kurzum, der Sonntagmorgen ist mir heilig. Zuweilen allerdings sitzt eine Frau bei mir, das läßt sich kaum vermeiden. Ich bin – trotz Kezi-Katastrophe – erotisch nach wie vor mobil, auch wenn ich Frauen – seit der Kezi-Katastrophe – eher gedämpft begegne und die Beziehungen von vornherein als episodisch definiere. Die meisten Frauen schätzen das, und zwar zum Teil so sehr, daß es mich nicht nur wundert, sondern wurmt: Im Unterschied zur Frau ist es der Mann ja nicht gewohnt, zum luftigen Vergnügungsspender degradiert zu werden, und er empfindet sein Bedürfnis nach entschlackter Liebe als Monopol. Mit zirka fünfundvierzig kapierte ich befremdet:

Auch Frauen haben Sinn für das Begrenzte und sind nicht immer scharf auf jenen folgenreichen Kram, mit dem die Liebespädagogik die Lust wenn nicht bestraft, so doch verquickt.

Geschmack am Unumständlichen zu haben und zu zeigen ist einerseits unschicklich, zeugt andrerseits von einer kulturellen Nonchalance, die man bewundern müßte: Seit Plato gilt das Flüchtige als das Entseelte, und flüchtig sind der Körper, die Begierde und die Lust. Seele – selbst Inbegriff des Dauerhaften – steckt nur in dem, was dauert, und darum wird im Christentum, das ja so sehr an Platos Schlepptau hängt, der Liebesakt nur innerhalb der dauerhaften Ehe toleriert. Der progressive Theologe freilich läßt heute (statt der Ehe) auch die echte Liebe gelten. Er sagt: Der Wunsch nach Ewigkeit gehört zu ihrem Wesen und adelt darum das, was in der Regel kaum eine halbe Stunde dauert.

Ich bin nicht Zoologe. Auch nicht Historiker. Ich weiß infolgedessen nicht, zu welchem Zeitpunkt der sogenannte Akt begann, sich selber nicht mehr zu genügen, wann er mit andern Worten anfing, anspruchsvoll zu werden, wann ihn der Ehrgeiz packte, zeichenhaft zu sein und sich als Stellvertreter einer Seelenschwingung zu verstehen. Wie dem auch sei, die Selbstgenügsamkeit des Fleisches, die wir sowohl bei Hunden als auch im Affenhaus bestaunen, ist vorbei. Die Visumspflicht ist eingeführt: die Liebe. Die verzwickte Liebe; zum einen aufgebaut als Schranke gegen schrankenlose Lust, zum andern aber auch als Freipaß für die Lust und als Garantin dafür, daß sie – die Lust – ganz ungewissensbissig fluten kann, fungiert sie doch im legitimen Dienste eines Edleren.

Nichts gegen Liebe, Treue, Ehe. Nichts gegen Dauerhaftigkeit und Qualität. Als Mensch und Schweizer schätze ich das alles. Nur zieht es mich nicht übermäßig an. Und ich genieße unbeschwerter, wenn ich den Folgekopfschmerz nicht bedenke. Mir widerstrebt der kalkulierte Rausch. Mir widerstrebt ein Kuß, der schon ans Telefon erinnert, das morgen klingeln wird. Deswegen bin ich doch kein Unmensch, oder? Den Wunsch nach Einfachheit hat letztlich jeder, und jeder kennt die Sehnsucht nach dem Folgenlosen und wird gelbgrün vor Neid, wenn er den andern Säugetieren zuschaut. Er spürt: Dort waltet Schlichtheit, dort gilt Barockes wenig, dort hockt noch keine Zukunft knurrend auf der Gegenwart.

Mein Hals.
Es würgt.
Und dabei hab ich doch betont: Nichts gegen Liebe, Treue, Ehe. Kein böses Sterbenswörtchen! Nur eben, alle drei sind etwas kompliziert, und darum leuchtet die Idee des Unaufwendigen mitunter ein.

Ich wollte einfach sagen: Am Sonntagmorgen bin ich gern allein. Und nur der Kühlschrank schnurrt. Fühl ich mich einmal ganz besonders aufgeräumt, und das heißt auch: belastbar, dann hör ich mir die evangelisch-reformierte Predigt an, am Radio. Unglaublich. Unglaublich, daß ich selbst vorzeiten in dieser Sprache sprach. Schamröte schießt mir ins Gesicht, die Wortwahl macht mich zittern, der Satzbau peinigt mich, der Tonfall ist mir unerträglich. Erbittert lausche ich, und es kommt vor, daß ich dazwischenjohle, kindisch und eruptiv. Und dabei weiß ich ja: Mir gilt der Abscheu, mir. Ich selber habe jahrelang Schindluderei getrieben mit dem Wort und nichts als Qualm, nichts als Gebimmel produziert.

Mein Vater war zeitlebens ein störrischer Kirchgänger. Das allsonntägliche Begehren unsrer Mutter, er solle sie zum Gottesdienst begleiten, schlug er gewöhnlich ab, und nur wenn sie sich's zum Geburtstag wünschte, gab er nach, stieg brummend in sein schwarzes Hochzeitskleid und folgte ihr im Abstand von zwei Metern, als würde er an einem Schnürchen abgeschleppt. Oft aber hörte er die Sonntagspredigt am Radio zuhause. Beim »Vater Unser« nahm er die Hände aus den Hosentaschen und murmelte ein bißchen mit. Dann stellte er das Radio ab, stand auf und sagte: Soseli.

Ich liebte dieses Wort.

Vielleicht ist die Entfremdung ein Naturgesetz. Vielleicht ist es ein Fehler, daß ich die Ferne nicht begreifen kann als helle Selbstverständlichkeit. Und sehr wahrscheinlich wär es an der Zeit, das ganze Vater-Zeug endgültig zu begraben.

Er war ein Idiot.

Mein Vater war ein Idiot.
Bornierter, blöder Kauz.
Ein harter Hund.
Ein Düsterling.

Entschuldigung: Atemnotlügen.
  Ich stelle richtig.

6

Fragt sich, ob es nochmals klappt. Wir haben sie besamt am sechsten zehnten, vor zwei Wochen, das kostet vierzig Franken, und ob sie aufgenommen hat, ist fraglich, wenn nicht, dann wirst du angemeldet in der Metzg. Eine leere Kuh mit kleiner Leistung und dabei doch gefräßig wie ein Krokodil, kann sich kein Bauer leisten, so ist es halt. Wenn man mal alt ist, ist man nicht mehr jung, so ist das halt, nicht wahr, Linda, und dabei mag ich dich und geb dich ungern weg. Auch ich bin ja ein alter Köbi, alt, aber zäh, und ohne diesen Rheumadreck und diese blöde Blase wär ich noch ein Kerl, und neulich hat die Mesmerin, die Theres, zu mir gesagt: Klemens, du bist noch schneidiger als mancher Fünfzigjährige. – Schon recht, hab ich gesagt, und sie sagt: Ehrenwort. – Ich weiß nicht, was sie will, wahrscheinlich nichts, ich will ja auch nichts mehr, das ist vorbei, im großen ganzen. Mit neunundfünfzig hab ich die Gret verloren, und seither ist es praktisch windstill, merkwürdig. Bin nie mehr richtig froh seither, und manchmal denke ich, vielleicht hab ich es doch geerbt, das Leiden meines Vaters, und irgendwie muß es ja in mir stecken, sonst könnte es der Paul nicht haben. Paul hat's, seit unsre Anna starb, und seither muß er drei vier Mal im Jahr für drei vier Wochen in die Anstalt. Sie sagen, er ist mal himmelhoch und laut und ekelhaft, dann wieder drückt's ihn nieder, er schämt sich und verkriecht sich. Als Waldarbeiter ist er tätig, und gottlob haben die Verständnis und reden nie von Kündigung. Wenn es ihm gut geht, das heißt, wenn er so seltsam ausgelassen und angetrieben ist, zieht er herum mit einem Rucksack und spricht und spaßt mit allen Leuten, besucht Bekannte, schreibt viele Briefe und greift wildfremden Frauen an die Brust. Und dann muß man ihn holen, und das ist immer schwierig, denn er ist stark. Vielleicht gäb eine Frau ihm, was er brauchen würde, ein wenig Halt, was willst du machen, er hat sich stets gesträubt. Als er achtundzwanzig war, hab ich zu ihm gesagt: Heirat doch endlich, Paul, das tät dir gut und ist der Brauch. Paul hat gesagt: Es geht nicht, Vater. – Was geht nicht? hab ich gefragt, will dich die Vreni nicht? Paul hat gesagt: Sie will mich, aber ich will *sie* nicht mehr. – Ich frag: Warum nicht und seit wann? Er sagt: Seit einer Woche. – Soso, sag ich, seit einer Woche willst du nicht mehr, darf man fragen warum? Er sagt: Das geht dich nichts an. Ich sage: Meiner Seel, ich quetsche keinen aus. – Also, sagt er, ich will es dir erklären, es ist schnell gesagt. Am letzten Sonntag hab ich sie besucht, sie hat gekocht, Reis, Fleisch und Gemüse. – Paul stockt, ich sag: Aha, es hat dir nicht geschmeckt, sie kann nicht kochen, gell? – Paul sagt: Ach Blödsinn, hör doch zu, ich gehe nach dem Essen schnell aufs WC, und in der Klosettschüssel, inmitten einer Pfütze, liegt groß und grell ... – Paul stockt, ich frag: Was denn? Er sagt: Was wohl, ihr Haufen halt. – Soso, sag ich, ihr Haufen, und das ist alles? – Ja, sagt Paul traurig, das ist alles, die Liebe ist im Eimer. – Ich sag: Ja sag mal, spinnst du, bist du verrückt, willst du den Frauenzimmern das Scheißen untersagen? – Er sagt: Wenn du's gerochen hättest. – Ich sag: Es stinken alle etwa gleich, du, sie und ich und alle. – Eben, sagt er, und das kann ich nicht akzeptieren.

Von diesem Tag an habe ich gewußt, daß Paul nicht ganz bei Trost ist. Ein Jahr nach Annas Tod kam er dann in die Anstalt, zum ersten Mal. Er hat ein Wirtshaus in der Stadt besucht, im März, ist unter einen Tisch gekrochen und hat die Wirtin in den Fuß gebissen, man hat die Polizei geholt, und die hat ihn geholt und sogleich eingeliefert. Das war an einem Mittwoch. An einem Mittwoch ist er auch geboren. Früher hat man gesagt: Auf Mittwochkindern liegt kein Segen. Vielleicht ist doch was dran. Nie hat mein Vater an einem Mittwoch mit Heuen angefangen, die Sonne konnte noch so zuverlässig scheinen. Und Mittwochkälber hat er immer weggegeben, sie gedeihen nicht, hat er gesagt, sie bringen Unglück. Dem Pfarrer hat das nicht gepaßt, das ist doch blanker Aberglaube, hat er gemeint, die Bauern aber dachten: Der hat gut reden, ins Pfarrhaus kommt die Maul- und Klauenseuche nicht. Wie dem auch sei, Pauls Braut, das Vreni, hat sich damals gar hurtig neu verlobt, und interessanterweise hieß auch ihr Neuer Paul. Und kaum ist sie mit diesem Paul verlobt, entdeckt mein Paul die Liebe für das Vreni wieder. Sie läßt sich eine Weile lang von beiden intensiv umschwänzeln, und dann wählt sie Paul Nummer zwei, das war ein damals sehr bekannter Sportler, ein Fußballheld. Seither ist meinem Paul der Fußballsport ein rotes Tuch, und zweimal schon hat er in Restaurants den Fernsehschirm kaputt gemacht, als grad ein Spiel lief. Man hat ihn dann geholt, den Paul, und eingeliefert. Ich sage es nicht laut, in dieser Hinsicht aber kann ich den Paul verstehen. Fernsehn ist eine Pest, und Sport ist eine Pest, da gibt es nichts zu rütteln, das steht fest. Der Mensch kann nur noch gaffen, er denkt nicht mehr, er spricht nicht mehr, er hockt und gafft, versimpelt und verblödet. Alle wachsen vor dem Schirm auf, und was sehn sie da? Ich hab ja keinen, aber Gaudenz, der hat einen, und Gaudenz sagt: Man sieht nur dreierlei am Bildschirm, erstens wird Sport getrieben, zweitens schlägt man sich tot, und drittens geht's um weiße Wäsche und um Katzenfutter undsoweiter. – Und damit wachsen alle Kinder auf. Und das ist auch ein Grund, warum ich nur noch selten zur Tochter geh, zur Myrta, ich halt das nicht mehr aus. Man setzt sich an den Tisch zum Essen. Man schöpft. Früher dem Großvater zuerst, heute den Kindern, gut. Man schöpft. Sie schreien: Mehr! – Mama schöpft mehr. Sie fressen die Hälfte, stoßen die Teller weg und rufen Tschüß und rasen vor die Kiste, so ist das heute. Myrta, sag ich, was sind denn das für Sitten? Und Myrta sagt: Hör, Vater, das ist nun wirklich unsre Sache. – Und ich denk: Meinetwegen, ein ganz fataler Seich ist's trotzdem.

Was Gaudenz sagt, gilt auch fürs Radio, man kann es andrehn, wann man will, Sport, Sport und nochmals Sport, nichts über Landwirtschaft, nichts über die Gewöhnlichen. Du kannst ein Leben lang die Pflicht erfüllen, kannst Tag für Tag um vier Uhr aufstehn, melken, misten undsoweiter, am Radio kommst du nicht. Bist du hingegen Fußballspieler, mit oder ohne Grütz tut nichts zur Sache, wenn nur die Waden stimmen, bist du ein Fußballspieler und schießt in irgendeinem Länderspiel ein Tor, so wirst du in Sekunden weltberühmt, und alles alles spricht von dir, und selbst der Bundespräsident beglückwünscht dich und macht vor Stolz und Ehrfurcht in die Hosen. Ein Leben lang kannst krampfen, Kinder aufziehn, den ganzen Hof besorgen, kannst im Gemeinderat, in Schulbehörde, Feuerwehr, als Wassermeister, Jagdaufseher und Bestatter deine Pflicht tun, kein Schwanz auf Gottes weiter Erde nimmt Notiz von dir, nicht eine Zeitung und kein Radio erwähnt dich, du bist nichts. Ein einziges Tor bringt dir mehr ein an Geld und Ruhm als mir ein ganzes Arbeitsleben, ein Tor nur, und die Menschheit feiert dich, und das sagt alles über ihren Zustand, sie ist und bleibt verkrüppelt und verpfuscht bis in die Knochen und hohl wie Haferstroh. Und jene, die auf diesem warmen Miststock noch ihr Süpplein kochen und dank der Menschendummheit Geld und Macht ergattern und alles tun, um die Vernunft noch gänzlich auszurotten, das sind die Allerschlimmsten, und denen wünsch ich tausend Teufel an den Hals.

Ich hocke zweimal täglich hier und stemme meine Stirn an diese Bäuche und melke, muß ich deswegen blind sein für das, was draußen läuft? Ich sehe, was ich sehe, und niemand macht dem Thalmann etwas vor, nicht West, nicht Ost, alles die gleiche Sippe, ob Ami oder Russ, Hans oder Heiri, alles das gleiche austauschbare Lumpenpack, scheinheilig bis ins Mark und falsch wie Galgenholz. Wer fünfzig, sechzig, siebzig Jahre lang gelebt hat und ums Verrecken nicht kapieren will, wer diese Welt regiert und wer sie auch zerfetzen wird, sei's heute oder morgen, dem hätte unser aller Herrgott statt Augen und statt Ohren gescheiter vier Löcher mehr am Steiß gemacht. Oft denke ich: Ist es denn möglich, daß es Leute gibt, die diesen ganzen schauderhaften Schwindel und dies Theater täglich mitverfolgen, ohne zu merken, was gespielt wird, ohne zu merken, daß diese ganzen Supermächte sich zehnmal läppischer und unverständiger benehmen als jedes meiner Kälber? Es wundert mich, daß es noch Leute gibt, die einfach alles schlucken, die sich zu Haß und Unvernunft aufhetzen lassen und die man spielend überschnorren kann zu jener Angst, die hinter jeder Brombeerstaude einen Feind vermutet und hinter jeder Scheiterbeige einen Panzer. Freilich, zum Glück, es gibt noch ein paar Menschen, die dem Stumpfsinn Stumpfsinn sagen, und ich hab nie begriffen, warum man diese Leute Spinner nennt und kindische Apostel und ferngelenkte Puppen, das jedenfalls steht immer in der Zeitung, die ich lese. Ich bin doch froh um jede Kuh im Stall, die friedlich ist und die nicht ständig ausschlägt und mit den Hörnern fuchtelt, was soll denn daran schlimm sein? Klar, die Herren, die das schreiben in der Zeitung, sind allesamt studiert und siebenmal gescheiter als der Thalmann, der schlicht und einfach sagt: Seid froh um jeden, der den verfluchten Rüstungsbrunz bekämpft.

Wenn ich im Löwen sitz, was nur noch selten vorkommt, zusammen mit den Schießverein-Senioren, dann reden wir auch über diese Sachen, manchmal, dann sag ich immer, was ich denk, und immer sagen sie: Du alter roter Strolch, wehrst du dich nicht für Frau und Kinder, wenn die Russen kommen? – Ich sag: Die Frau ist tot, das wißt ihr auch, die Kinder sind erwachsen, und drittens frag ich dich, Titus, wo hast du Dienst gemacht im Zweiten Weltkrieg, wo warst du stationiert? – Und Titus sagt: Ich hab ein Rückenleiden, das weißt du auch, ich war vom Dienst befreit. – Soso, sag ich, vom Dienst befreit, und du, Theo, wo warst du? – Und Theo sagt: Im Berner Jura. – Soso, sag ich, im Berner Jura, wo wohnten Frau und Kinder? – Und Theo sagt: Damals im Kanton Thurgau, grad an der deutschen Grenze. – Grad an der deutschen Grenze, sag ich, interessant, du hockst beim Jass im Jura, und deine Lieben schlottern an der deutschen Grenze, und trotzdem hast du sie beschützt. – Ich hab das Vaterland beschützt, sagt Theo, die Alpen hätten wir gehalten, garantiert, da hätte Hitler sich die Zähne ausgebissen. – Ich sag: Jaja, die Alpen, gell, solang auf irgendeinem steilen Schneefeld noch ein Fähnlein flattert, fühlt man sich frei, auch wenn die Lieben im grünen Unterland längst unter Trümmern liegen. – Ach, hör doch auf, sagt Theo, hör doch auf mit diesem Scheißdreck, ich mag das nicht mehr hören. Wenn ich dran denk, was für ein fabelhafter Schütze du früher warst und was du jetzt – im Alter – für einen Quark verzapfst, dann sträubt sich mir mein Schamhaar. – Au zeig mal, Theo! ruft die Wirtin, und alles wiehert, ich auch, und dabei ist mir trüb zumut und mies und knurrig.

Es stimmt, ich war ein guter Schütze, ich hatte wahre Falkenaugen und eine konzentrierte Hand und dieses untrügliche Gespür für die Verbrüderung von Korn und Kimme, und schon in der Rekrutenschule schoß ich besser als alle Kameraden, und doch war's mir in dieser ganzen langen Zeit nicht eine Stunde wohl, weiß Gott warum. Und eines Tages, es ist wahrhaftig bald sechzig Jahre her, da hat ein hoher Offizier etwas zu mir gesagt, das mich beschäftigt hat bis heute und das ich mit mir schleppen muß bis auf mein Totenbett. Ich kaufe über Mittag in der Kantine der Kaserne ein Gebäck, mit Creme gefüllt, und trag es mit der linken Hand durch einen ellenlangen, ziemlich dunklen Korridor, an dessen Ende sich das Klosett befindet, wo ich die Sache in Ruhe essen will. Ich seh aus dreißig Schritt Entfernung, wie sich die Tür des Klosetts öffnet und wie ein Mann herauskommt und mir entgegenschreitet, es ist ein Offizier. Ich denke: So, den muß ich grüßen, also, wie mach ich das, natürlich, die rechte Hand schnellt an den Rand der Mütze. Als zweites denke ich: Verflucht, ich trag ja in der rechten Hand das Creme-Gebäck. Als drittes denke ich: In solchen Fällen, haben wir gelernt, wird mit dem Kopf gegrüßt, du hebst den Kopf und schwenkst ihn flott in Richtung Offizier. Gut, das tu ich. Wir kreuzen uns, ich und der Offizier, ich grüß, er grüßt, und ich denk: Bravo, Thalmann, das nennt man Geistesgegenwart. Nach etwa fünfzehn Schritten hör ich in meinem Rücken eine Stimme rufen: Warum, zum Donnerwetter, legen Sie nicht Ihre Hand an, wenn Sie grüßen? – Ich stoppe, kehr mich um, werf einen Blick auf meine Hände und sehe, daß sich mein Gebäck nicht in der rechten, sondern in der linken Hand befindet. Die Rechte wäre also zum Gruße frei gewesen, doch wie erklär ich meinen Irrtum? Ich mache ein paar Schritte hin zum Offizier und sage: Entschuldigung, ich glaubte, ich trüge dieses da in meiner rechten Hand, jetzt seh ich erst, daß ich's ja in der linken trage, drum hab ich, hab ich ... – Er unterbricht mich und schreit aufgebracht: Bevor Sie mit mir sprechen, melden Sie sich ordnungsmäßig an, wer sind Sie? – Ich sag: Herr Hauptmann, Rekrut Thalmann. – Er sagt: Melden Sie schärfer! – Ich ruf: Herr Hauptmann, Rekrut Thalmann! – Er sagt: Von Gradkenntnissen nicht die geringste Spur, bin ich ein Hauptmann? – Ich schlucke leer und geh noch vier fünf Schritte auf ihn zu und späh auf seinen Hut und seh, daß er, der Hut, nicht von drei dünnen, sondern von drei dicken gelben Streifen umwunden ist und daß er also Oberst ist, der Offizier. Ich sage stammelnd: Entschuldigung, Herr Oberst, ich glaubte, ich ... es hat ... Sie haben, Sie haben Ihren Kopf ein bißchen so gehalten, daß es von da aus, wo ich stehe, ich meine, wo ich vorher stand, so ausgesehen hat, als hätte es an Ihrem Hut drei *dünne* Streifen. – Der Oberst starrt mich an, ganz ähnlich wie zwei Jahre früher der Meister im Welschland, er starrt mich an und sagt mit einer plötzlich weichen, teilnahmsvollen Stimme: Aha, ich begreife, nicht hell auf der Platte, unterbelichtet, versteht Ihr, was ich meine? – Ich sag: Nicht ganz. – Und er sagt: Eben, meldet Euch ab.

Ich habe nichts vergessen, gar nichts, der Metzger hat gesagt: Du kleiner Scheißer. Der Meister hat gesagt: Du bist des Teufels. Der Onkel hat gesagt: Aus dir wird nichts. Der Oberst hat gesagt: Unterbelichtet. Und ein paar Jahre früher, da hat der Lehrer in der Schule zu mir gesagt: Du jämmerlicher Dreckspatz, der Herrgott wird dich strafen. – Das war zur Weihnachtszeit, und ich bin damals etwa zehn gewesen. Da hat der Lehrer folgendes zu uns gesagt: So Kinder, wir machen heute etwas ganz Besonderes, wir malen miteinander Weihnachtskärtchen und schreiben auf jedes dieser Kärtchen einen Weihnachtswunsch. Was gibt es da für Möglichkeiten, was könnten wir auf unsre Kärtchen schreiben? Hier ist die Kreide, und wem von euch ein schöner Weihnachtswunsch einfällt, der kommt nach vorn und schreibt ihn an die Tafel. – Die Klasse denkt und stöhnt, doch keiner meldet sich. Na, sagt der Lehrer, ist das so schwer, strengt euch doch etwas an, sonst nehmen wir das Rechenbuch hervor und fahren weiter auf der Seite vierundvierzig. – Plötzlich sticht mich der Hafer, ich hebe meinen Arm und darf nach vorn und schreibe an die Tafel: Frohe Ostern. – Der Lehrer wird erst weiß, dann rot, die Klasse quietscht, er tobt und greift zum Lineal und gibt mir fünfzehn Tatzen auf jede Hand und schreit: Du jämmerlicher Dreckspatz, der Herrgott wird dich strafen.

Jaja. Und wenn ich heute rückwärts blicke, so muß ich sagen: Besonders zart hat mich der Herrgott nicht behandelt. Es gibt ja Leute, die jahraus jahrein vom Glück verfolgt sind und denen selbst der Sägebock noch jüngelt, dazu gehör ich nicht, mich hat der Herrgott nicht besonders zart behandelt, ich hab's nicht leicht gehabt, und als mein Vater starb, da war ich zwölf, da habe ich die ganze Zeit gedacht: Das ist die Strafe für die

Frohen Ostern. Anno sechsundvierzig hab ich ihn dann bestattet, den Lehrer, er wurde alt, das heißt so alt etwa, wie ich jetzt bin, ich habe ihm das Grab gemacht und hab dabei gedacht: Lieber ein lebender Dreckspatz als ein toter Lehrer. Im großen ganzen aber hab ich ihm verziehn, und weil er uns früher ständig ermahnt hat, Holundersirup zu trinken, hab ich ihm einen Holunder gepflanzt, einen Schwarzen Holunder, ganz gegen die Vorschrift, und dieser Holunder steht noch und hat sein Grab überlebt. Fotsch hieß er, Fotsch, Hans oder Eugen, eins von beiden.

Nein, ich vergesse nichts, ich bin ja damals auch Gemeinderat gewesen, und die Kollegen haben ihren Kopf geschüttelt und gesagt: Klemens, das darfst du nicht, das gibt bös Blut im Dorf, hau den Holunder um und setz ein Immergrün, wie es der Brauch ist, es macht doch eine lausige Figur, wenn ausgerechnet ein Gemeinderat die Friedhofsvorschrift nicht beachtet. – Ich hab gesagt: Gut denn, sucht einen neuen Totengräber, und meinen Posten als Gemeinderat stell ich auch zur Verfügung. – Du sturer Esel, sagt der Manz, und Hänny selig sagt: Herrgottnochmal, wo führt das hin, ein Friedhof ist doch kein Holunderwald. – Ich sag: Dem Fotsch habt ihr es zu verdanken, daß ihr jetzt lesen könnt und schreiben und leidlich rechnen, doch einen schönen Strauch gönnt ihr ihm nicht. – Ein Schläger war er, sagt der Mosimann. Ich sag: Und das sagst ausgerechnet du, obwohl du, wenn wir nach der Sitzung jeweils im Löwen hocken, die ganze Zeit beklagst, daß junge Lehrer nur noch freundlich hüsteln können und nicht mehr wissen, wie man einen Arsch versohlt! – Ach was, sagt Mosimann, so oder so, der blöde Busch muß weg. – Ich sag: Macht, was ihr wollt, ich gebe euch nur einen Rat: Was ihr auch macht, paßt auf.

Man hat dann nichts gemacht, nichts unternommen. Der Fotsch hat sie behalten, seine Staude, sie lebt noch heute, und wenn im Juni ein Begräbnis ist, so stehn die Leute schnuppernd auf dem Friedhof und fragen: Was duftet da so himmlisch? – Ich gebe zu, ich hab nicht nur dem Fotsch zuliebe für den Busch gekämpft, ich habe zum Holunder ein ganz besonderes Verhältnis aus mehr als einem Grund. Als ich ein Knirps war, hat mein Vater zu mir gesagt: Schau, Menzli, jener Strauch dort zwischen Feld und Waldrand ist ein Holunder, ein heiliges Gewächs, und wer ihm Schaden zufügt, wird fürchterlich bestraft, das ist von jeher so gewesen, also paß auf, und wenn du seine Beeren holst, gib acht, verletz ihn nicht. – Ich hab das nicht vergessen, und anno einunddreißig, anfangs Juli, fünf Wochen vor der Hochzeit, bin ich mit Gret zu einem andern Busch gegangen, das war auch ein Holunder, und droben Vollmond und drunten der verfluchte Blütenduft, ja also item, da ist der Paul entstanden, beim allerersten Mal, das ist doch eigenartig.

So, Linda, nimmt mich wirklich wunder, ob's nochmals klappt mit dir, für mich sind die Besamungskosten kein Pappenstiel, und ohne Kälblein kommst du mir zu teuer. Ich brauche Zeit und Geld für dich und knorz herum an deinen alten Zipfeln, ich knödle, fäustle, stripfle, und alles, was du bietest, sind drei Liter, ich sehe schwarz.

7

Paul ist tatsächlich ein Holunderkind. Ich habe meine Quellen. Noch lebt die alte Tante Klär, die seit dem Tode ihres Bruders wieder mit mir spricht und sprechen darf, mehr noch: Sie nimmt sich vierzehntäglich meiner Wohnung an. Ich lasse es geschehen, obwohl ich mich in aufgeräumten Räumen elend fühle. Ich lasse es geschehen, weil sie dabei erzählt. Sie weiß fast alles. Sie weiß so viel vom Vater, daß meiner Phantasie nur wenig Auslauf bleibt.

Mein Fernziel ist Erkenntnis, das heißt Erlösung, doppelte Erlösung: Im Augenblick der wahren Einsicht atmet beides auf, Erkanntes und Erkennendes. Ich operiere zwiefach. Ich zeige mich dem Objekt, dem ich mich nähere. Ich rufe schon von weitem: Schau, so und so ist der beschaffen, der auf dich zukommt! – Das zu Erkennende enthüllt sich nur dem Hüllenlosen. Gibt *er* sich preis, gibt *es* sich preis. Das ist mein unmoderner Glaube.

Noch aber regt es sich in meinem Rachen.

Die zweite Quelle: Titus Feusi. Im gleichen Altersheim zuhause wie Tante Klär. Die beiden kennen sich schon seit der Kindheit. Sind neuerdings in später Liebe zueinander verschämt entflammt. Auch er weiß viel. Was Klär nicht weiß, weiß Titus, der große Wirtshaushocker, dem es, wie er behauptet, als einzigem gelang, den stillen Klemens aus dem Busch zu klopfen.

Kurzum, ich fabuliere nicht, und wenn ich's täte, wär es meine Sache.

Paul also ist tatsächlich ein Holunderkind. Ich lege Wert darauf. Ich stelle fest: Fünf Wochen vor der Hochzeit verliert mein Vater die Beherrschung. Ein bißchen Duft, und die Moral dankt ab. Ich kenne und verstehe das, muß aber trotzdem unterstreichen: Mir ist das nicht passiert mit meiner Braut, mit Helen, mir nicht, uns nicht. Es war uns beiden selbstverständlich, das Letzte aufzusparen auf die Ehe und mit dem Höchsten zuzuwarten. Zusammenliegen undsoweiter: klar. Doch nicht das Eigentliche, das ja eventuell erst durch Verzicht zum Eigentlichen aufrückt – nein, nein, so ist es nicht, das Eigentliche steht schon vorher und schon immer fest, sonst wäre der Verzicht darauf ja weder nötig noch verdienstvoll.

Ich wurde aufgeklärt im Konfirmandenlager. Ich war fünfzehn. Das Technische war rasch erledigt und leuchtete mir ein. Der Pfarrer zeigte es mit Hilfe eines Fingerhandschuhs, mit Einstülpung und Ausstülpung, und nannte es ein göttliches Geschenk und sagte ganz am Schluß: Bleibt sauber.

Da meinte neulich ein gebildeter Klient zu mir: Wirklich befriedigend ist's nur mit Frauen, die gut katholisch sind, ihr Schuldgefühl macht sie besonders leidenschaftlich und pfeffert die Umarmung. Man soll, sagt er, die hergebrachte Sexualmoral nicht ständig attackieren, man soll sie hätscheln, denn sie versieht – als kulinarisch raffinierte Zutat – die allerbesten Dienste. Sie dürfen, so belehrt mich mein Klient, Sie dürfen die Moral nicht als verbindliche Verhaltensregel mißverstehen. Zweck der Moral ist nicht das sittliche Verhalten, sondern die Herstellung des prickelnden Bewußtseins, stark zu sündigen. Da dies Bewußtsein nicht nur prickelnd ist, sondern zumeist auch hemmend, mobilisiert man alles, um diese Hemmung, diesen Widerstand zu überwinden; dabei entwickelt man ein ungeahntes Temperament, und so gebiert ein rechtes Schuldgefühl die rechte Leidenschaft. Aus diesem Grund favorisiere ich die sittenstrengen Frauen.

Mein lieber Herr Jakobi, entgegne ich verstimmt, was Sie da sagen, hat innerhalb des Unsinns, in dem wir alle leben, ein wenig Sinn. Mehr nicht. Und wer sich so berechnend und genüßlich mit dem Perversen arrangiert, der hat in meiner Praxis nichts verloren, bitte!

Jakobi sagt: Sie sind ein Extremist, und Sie gefallen mir, wir könnten voneinander lernen: Sie kämpfen gegen die bestehende Moral im Namen einer rätselhaften Ethik, ich aber unterlaufe die Moral und stell sie in den Dienst der Lust, die ja auch Sie begrüßen. Sie schaffen ab, ich funktioniere um, Sie reißen nieder, ich saniere.

Jakobi abzuschütteln gelingt mir nicht. Er kommt seit sieben Wochen und schwadroniert sich durch die Stunde. Und wenn ich frage, was ihm fehle, was ihn denn zu mir führe, dann zuckt er nur die Achseln und sagt: *Sie* sind der Fachmann.

Ich weiß natürlich längst Bescheid. Als »nachtaktiver Silberlöwe« geistert Herr Jakobi schon jahrelang durch die Berichte Fräulein Trüssels, der ich in Sympathie verbunden bin, doch davon später.

Also, wir haben zugewartet damals, Helen und ich. Sie kam aus einem frommen Milieu und war vielleicht auch sonst ein bißchen langsam, wie ich ja auch. Einmal, etwa drei Wochen vor der Hochzeit, da sagte ich aus Spaß und obendrein auf englisch: Come on, let's do it, baby. – Das kam nicht an. Sie war entsetzt und sagte: Du bist geschmacklos, Franz. – (Sonst nannte sie mich meistens Schnäggli.)

Helen fand selten etwas lustig.

Ich seh uns beide wieder auf der Hochzeitsreise. Wir sitzen auf der Rückbank eines Taxis, das uns von Kalamata nach Sparta führen soll. Karg, streng und grandios das Taygetos-Gebirge. Ich drücke deine Hand und sage: Ist das nicht überwältigend? – Du sagst: Vor allem heiß und holprig. – In diesem Augenblick nimmt unser Grieche den Fuß vom Gaspedal, biegt rechterhand in einen Saumpfad ein, der halb so breit ist wie das Auto, und hält nach ein paar Metern an. Salbeiduft und Zikadenchöre. Was will er nur? fragst du. Ich sag: Er wird mal müssen. – Doch unser Chauffeur steigt nicht aus. Er dreht sich um, schaut mich verlegen grinsend an, zeigt mit dem kleinen Finger erst auf dich, dann auf sich selbst, dann durch das offne Wagenfenster auf ein paar lilablaue Sträucher und sagt: Nix zahlen, nix zahlen Taxi, only fickificki.

Ich explodierte sofort. Ich brüllte auf. Der Grieche war rasch angesteckt und lachte mächtig mit. Nicht aber du. Du saßest vorerst wie versteinert. Hochroter Kopf und böse Augen. Dann stiegst du aus. Und zischtest, ehe du die Türe zuschlugst: Saubande, ordinäre.

An eine Weiterfahrt mit diesem Taxi-Mann war nicht zu denken. Er schien das zu begreifen, hob nur bedauernd eine Schulter. Ich gab ihm das verlangte Geld und rannte dann dir nach. Stumm wanderten wir Richtung Sparta. Die Hand entzogst du mir, ich spürte einmal mehr, wie gut es dir gelang, mir Schuldgefühle aufzuhalsen. Man kam dann doch noch ins Gespräch. Du redetest von Menschenwürde. Ich fasse, sagtest du, dein Lachen auf als Ausdruck deplaziertester Komplizenschaft mit einem Schmutzfink.

Ich gab dir recht.

Mir waren Dissonanzen damals unerträglich. Vier Stunden Marsch. Dann lud ein Dänenpaar mit VW-Bus uns auf und nahm uns mit nach Sparta. Und wortlos zeigtest du im Hotelzimmer auf eine kleine Blase an deinem rechten oder linken Fuß. Ich hätte mich ums Haar auch dafür noch entschuldigt.

Sehr abergläubisch bin ich nicht. Und doch. Es sind bereits am Morgen meiner Hochzeit Dinge vorgefallen, die man im nachhinein als Warnsignale deuten könnte. Wie ich erwache, ist mein rechtes Ohr verstopft. Ein Pfropf. Ein dumpfes Rauschen. Ekelhaft. Warum gerade heute? frag ich laut und höre meine Stimme wie aus weiter Ferne und fühle mich postwendend invalid. Ich stehe auf. Ruckartig zupfe ich am Läppchen. Nichts. Dann dusche ich, versuche, den Gehörgang freizubrausen. Nichts.

Bedrücktes Frühstück. Telefongeklingel. Ich hebe ab, verstehe nichts und rufe hallo hallo und wechsle rasch aufs linke Ohr. Helen tut ungeduldig, zählt auf, was bis zum Mittag noch alles zu geschehen habe. Ich sag: Mein Pfropf hat Vorrang. – Was für ein Pfropf? fragt sie. Helen, sag ich, ich habe ein verstopftes Ohr, ich bin so gut wie taub. – Sie sagt: Mir geht dein ewiges Theater auf die Nerven.

Ich steige nach dem Telefongespräch auf einen Stuhl und springe, den Kopf schräg abgewinkelt und mein Gewicht verlagernd in die rechte Körperhälfte, auf den Boden. Immer und immer wieder. Und plötzlich öffnet sich die Tür, und Bruder

Paul mit Rucksack stolpert in die Stube, verbreitet Schnapsgeruch und sagt: Ich suche meine Brille. – Bei mir? – Nein, nicht bei dir, wahrscheinlich liegt sie irgendwo im Wald. – Und ich, was soll ich? – Als Christ wirst du mir suchen helfen, ich finde meine Brille ohne Brille nicht, es ist ein Fall von Tragik, komm! – Mein lieber Paul, das geht jetzt nicht, du weißt doch, daß ich heute Hochzeit habe. – So, du hast Hochzeit heute, das kann ich ja nicht riechen. – Paul, sag ich ungehalten, ich hab dich eingeladen, schriftlich *und* telefonisch. – Soso, sagt er, und meine Brille? – Ich bin in großer Zeitnot, Paul, und muß wahrscheinlich noch zum Arzt, ich habe einen Pfropf im Ohr und bin so gut wie taub. – Und ich so gut wie blind, sagt er, wo hab ich meine Brille nur verloren? – Ich dachte, irgendwo im Wald! – Das nicht, sagt er, das mit Bestimmtheit nicht, wie kommst du darauf? – Mach mich nicht fertig! schreie ich. Er sagt: Du hast natürlich allen Grund, nervös zu sein, Heiraten ist kein Schleck, ich such jetzt eine Apotheke und kaufe dir ein Gummi-Pümpeli.

Nach einer halben Stunde kam Paul zurück mit einer Ohrenspritze. Er füllte sie mit warmem Wasser. So, Franzli, sagte er, jetzt komm mal her und sei schön tapfer. – Und zehn Sekunden später war ich wie neugeboren.

Der Trauung blieb er fern. Zum Fest erschien er dann verspätet. Mit Rucksack und in hohen Schuhen. Angeheitert. Ohne Brille. Ich spürte, wie sich Helen schämte, und sah, wie in den Mienen ihrer Angehörigen Belustigung und tiefe Skepsis miteinander kämpften. Paul tanzte wie ein blindes Elefäntchen, stand seinen Damen auf den Füßen und brachte selbst die einfühlsamste Tänzerin mit seinem Knoblauchatem aus dem Takt. Als er gar mit der Gabel an eine leere Flasche klopfte und sich erhob zu einer Rede, bekam auch ich ein wenig Angst. Er sagte: Liebes Brautpaar, im großen ganzen hat man von allem immer rasch genug. Ist es nicht so? – (Ich nicke schwach, Helen sitzt unbeweglich, ringsum Gehüstel.) Ich hoffe, fährt Paul fort, ich hoffe, daß es trotzdem klappt, und damit schließe ich die Festansprache. – (Erleichterter Applaus.)

Das folgende glaubt niemand. Die es mit eignen Augen sahen, haben aufgehört, es weiterzuerzählen, weil ihnen niemand glaubt. Paul setzte sich zu Helen und hielt ihr weißes Ledertäschchen, das neben ihrem Dessertteller lag, für ihren Dessertteller. Er schöpfte, Caramel-Pudding mit Schlagrahm, und alle Zeugen schauten wie gebannt, und als die ersten kreischten, war Paul mit Schöpfen fertig.

Und Helen lachte nicht.

Paul hatte es so gut gemeint, sie aber blitzte ihn durch ihre Brille an. Er schlich hinaus. Ich ging ihm nach. Ich sagte: Nimm's nicht tragisch, sie ist vom Hochzeitsstreß ein bißchen überreizt, du weißt ja, wie die Frauen sind. – Paul sagt: Gib diesen Essighafen doch zurück.

Ich fühl mich schlecht. Mir ekelt vor der anekdotisch aufgepäppelten Vergangenheit. Ich lüfte.

Helen ist mit den Töchtern weggezogen. Sie nahmen Wohnsitz in der voralpinen Hügelzone, da beide Asthma haben. Einmal im Jahr darf ich sie sehn, die Mädchen, hier in der Stadt. Ich hole sie am Bahnhof ab. Wir gehen in ein Restaurant, und nach dem Essen bring ich sie zurück zum Bahnhof. Die Pubertät macht ihnen Mühe. Sie kichern und tun schnippisch und sind zu mir, wie man zu einem Greis ist, und nichts an ihnen erinnert mich an mich. Eva war bei der Scheidung vier und Salome zwei Jahre älter. Ich weiß nicht, was sie von mir wissen, vermutlich hat mich Helen totgeschwiegen. Ich nehme mir die Liebe zu meinen Töchtern allmählich nicht mehr ab. Das Wiedersehens-Ritual, das jährlich schaler wird, will ich beenden.

Ich bin nicht sehr allein. Am Morgen freue ich mich aber auf die Post.
Mit Helen würde ich mich gerne einmal treffen. Ihr Haß hat mittlerweile fast elf Jahre Zeit gehabt, sich zu verflüchtigen, so daß man wieder miteinander reden könnte. Sie weiß ja nicht einmal, daß ich der treuste Leser der Artikel bin, die sie in einer Tageszeitung sporadisch publiziert. Sie schreibt Rezensionen über neue Bücher aus dem Bereich der Belletristik und knüpft damit an eine Neigung an, die sich nach Abbruch ihres

Studiums und neben allen Pflichten einer Pfarrersfrau kaum noch entfalten konnte. Rezensionen las ich immer gern. Daß es in einer Zeit der allgemeinen Relativität noch Leute gibt, die sagen, was gut ist und was schlecht, das fasziniert mich. Auch Helen sagt und weiß es. Ich habe deshalb über sie fast mehr erfahren und gelernt als über die von ihr besprochnen Bücher. Natürlich plaudert sie nicht aus, warum sie etwas tadelt oder lobt und wie der Maßstab aussieht, den sie anlegt. Das ist nicht üblich und nicht nötig und würde zudem den Intimbereich tangieren. Helen schreibt selbstverständlich nicht: Mein Traummann muß aktiv und männlich sein und wissen, was er will. – Sie schreibt: Man fragt sich, wann der öde Trend zum schlaffen Anti-Helden endlich abflaut.

Im Lauf der Zeit hab ich herausgefunden: Die Bücher, welche Helen ablehnt, gefallen mir besonders gut. Es sind die explosiven, in denen spürbar wird, daß jener, der sie schrieb, durch dieses Schreiben abgehalten wurde von weit Schlimmerem. Es sind die Bücher, welche hinterhältig knistern, die halbwegs kultivierten Pulverfäßchen, die unvorsichtigen, unausgewogenen und meinetwegen närrischen, und die mag Helen nicht. Da wird sie tantenhaft und tut beleidigt. Sie will bestätigt sein und nicht bedroht. Mir geht es anders. Mich schläfern Streicheleien ein.

So also bleibe ich auf indirekte Weise in Tuchfühlung mit Helen und registriere aufmerksam die kleinsten Schwankungen in ihrem Wertempfinden. Enthärtung freilich zeichnet sich nicht ab und damit auch kein eigentlicher Wandel. Helen war immer eng und streng und immer unelastisch, und nichts, was federte, fand ihre Gnade. Es scheint mir heute klar, daß diese Statik mich zum Aufstand zwingen mußte, daß sie es war, die mich dynamisierte.

Der Angeklagte klagt. Nur um sich zu entlasten, belastet Franz die Helen. Der Täter ist um jeden Mangel seines Opfers froh. Die Summe aller Mängel macht ihn dann glücklich selbst zum Opfer, wie umgekehrt die eklatante Mangelhaftigkeit des Opfers schon fast nach Tätertum zu riechen scheint.

Soll ich den Frosch vielleicht im Glauben lassen, daß sein Quartier ein Sumpf sei? Hab ich denn nicht das Recht, mich zu rechtfertigen, das Recht, auf die Bedingtheit jeder Handlung hinzuweisen? Fehltritt im leeren Raum – du lieber Himmel. Vorn steht doch Kezi, hinten Helen, und in der Mitte Franz mit Hirn und Hoden und Vergangenheit. Da liegen sich schon fünf Instanzen in den Haaren, und jede schiebt und zieht und zupft, und eine macht das Rennen. Und auf der Szene bleibt nur Franzens nackte Tat zurück, taxiert von selbstgerechten Gaffern, die immer dann von Willensfreiheit reden, wenn andere vom Weg abkommen und wenn sie selbst per Zufall einmal artig sind.

Will mich ja nicht entmündigen. Hab große Sympathien für den freien Willen, und periodisch glaube ich an ihn und meine Schuld, verfluchtnochmal, muß ich deswegen für den Rest des Lebens kriechen, muß ich die Selbstzerfleischung zum Existenzprogramm erheben?

Ich sag dir eins: Ich werde unter einem Weinstock sitzen, irgendwann, vielleicht auch unter einem Feigenbaum. Ich werde tief und lustvoll atmen, mit schamlos offnem Mund, und Sonnenstrahlen wärmen meinen Rachen, und niemand schreckt mich auf. Du aber liegst abseits im Gras, schwach zappelnd noch, doch fast schon ein Kadaverchen.

Vorläufig aber sitze ich in meiner Stadtwohnung. Am Arbeitstisch. Draußen Dezemberregen und lauter Nachtverkehr, der mir nicht unlieb ist. Ich muß von Zeit zu Zeit erinnert werden an die Außenwelt. Nicht weil ich sie verdränge, nicht weil der Umgang mit mir selbst mir schon genügte, nein. Wenn wir die Maus als Beispiel für die Außenwelt betrachten, dann wäre ich der Bussard, der auf sie niederstößt, sie packt, an einen stillen Ort entführt und frißt. Ich habe zu den Außendingen kein sehr geduldiges Verhältnis. Statt dessen neige ich zu allzu flinker Einverleibung, so daß die Dinge – träge gärend – schwer in mir liegen bleiben und mich zur Kontemplation fast nötigen. Sobald das Außen innen ist, erwache ich. Bin ich ein Treppenwitz-Artist? Ein Wiederkäuer? Auf jeden Fall entblößt die knorplige Realität sich erst posthum, wird, sich in mir zersetzend, verspätet meine Partnerin. Ich stünde ohne Pinsel in der Landschaft, wenn ich ein Maler wäre. Fast schüchtern und fast flüchtig nähm ich ein Auge voll und trüge sie – die Landschaft – heim und läge dann mit ihr zusammen so lange dösend auf dem Diwan, bis sie vertraulich flüstern würde: Ich bin die Deine, hol die Leinwand.

Die zugeknöpften Wirklichkeitspartikel, geschluckt mit rascher Überwindung, werden vom Binnenklima aufgeweicht, sie werden formbar, biegsam und gefügig und akzeptieren meine Willkür.

Daß solche Bilder unzulänglich bleiben und jede Einverleibungs-Metaphorik ihre Grenzen hat, ist mir bekannt. Ich kann das alles nämlich auch viel schlichter sagen: Ich bin Romantiker. Und darum tut Motorenlärm mir gut, und darum tat mir letzten Endes auch die Pfarrhaus-Bodenwichse gut. Und selbst der an und für sich schauderhafte Umstand, daß Helen drei bis vier Mal täglich mit einem feuchten Lappen die WC-Brille reinigte, und zwar merkwürdig andachtsvoll, selbst dieser Umstand war mir und meinem Wesen nicht zwingend unbekömmlich. Denn gäbe es nur Aufweichbares, so käme unsereinem mit der Zeit das Wissen um die Existenz der Außenwelt abhanden, und die Idee der Ungenießbarkeit verblaßte.

Bin fünfzig bald und frage mich, wie man sich fühlt, wenn man erwachsen ist. War ich's an meinem zweiundzwanzigsten Geburtstag? Ich aß damals – aus Anlaß einer Wette – die Scherben einer Mokkatasse. Kein Problem. Der Magen war dem Mut gewachsen. Und heute esse ich, falls überhaupt, selbst simples Sauerkraut mit Skepsis: Ein unerwachsenes Verhalten, das den Verdacht erhärtet, daß das Erwachsensein vorübergeht wie alles. Freilich gibt es auch Sechzigjährige, die alles schlucken, und es gibt Siebzigjährige, die auf den Sprungturm steigen und die – obwohl die andern Badegäste die Augen niederschlagen – einen Salto wagen. Im allgemeinen aber wächst das Erwachsensein sich aus, die Fähigkeit, Naßkaltes zu verkraften und sich ihm anzubiedern, schwindet, und es erneuert sich der frühe, alte Sinn für das Bedrohliche. Dem Nach-Erwachsenen wird wieder vieles ungeheuer, und vieles, was ihm schwer durchschaubar scheint, kommt neu hinzu und steigert sein Gefühl der Fremdheit: Was habe ich verloren in einer Welt, die Tag für Tag zunimmt um Millionen Dinge, die ich nicht verstehe, um Taten und um Theorien, die mir dunkel bleiben? Was weiß ich über Mikroelektronik mehr, als daß sie piepst? Wer faßt und ortet sich noch selbst, wenn um ihn lauter Rätselhaftes wimmelt? Wer widersteht der Ohnmacht wie? Wer wird warum nicht dumm?

So fragt der Nach-Erwachsene fast flehend, und die Erwachsenen verziehen ihren Mund und tauschen Blicke.

Frosch, ich erzähl dir etwas, nimm's als Beichte. Am Anfang meiner Laufbahn als Berater stand ein Bluff. Du wirst natürlich sagen: Ein tückischer Betrug. Ich aber gebe zu bedenken: Die Konkurrenz war groß, und nach der Decke streckt sich jeder. – Ich mochte Fräulein Trüssel, und Fräulein Trüssel mochte mich. Auf Anhieb. Es lag ihr nichts daran, mir zu gefallen, was mir gefiel. Die schwarzen Mitesser an ihren Nasenflügeln sah ich erst, als sie von sich aus darauf hinwies und die Erklärung abgab, daß sie bewußt nichts unternehme gegen sie. – Jungfrau bin ich, so sagte sie fast drohend in der ersten Stunde. Und ich erwiderte: Freut mich, ich bin ein später Wassermann. – Sie sagt: Hang zum Phantastischen, sprunghaft und voller Neugier. – Ich sage: Stimmt, doch reden wir von Ihnen: Hang zum Methodischen, sehr ordentlich, sehr klug, hingegen drosselt Merkur die Gefühle, macht Sie ein bißchen kühl, erotisch eher schwer entfachbar, was Sie dazu verleiten könnte, sich für frigid zu halten.

Dies sprach ich teils aus hohlem Bauch, teils weil ich Ähnliches in irgendeinem Heft einmal gelesen hatte, teils aber sicher auch aus Eingebung. Sie nämlich setzte sich, sah mich mit großen (grünen) Augen an und sagte heiser: Stimmt. Wenn einer mich berührt, bekomm ich Gänsehaut. Stets gerat ich an die Falschen. Es gibt nur Falsche. Das kehlige Gehechel. Und vorher plump und nachher plump, dazwischen maschinell und hundig. Die schweren Krallen am Gesäß.

Der kalte Schweiß. Der arrogante Schleim. Und selbst im scheinbar Zärtlichzahmen lauert das Eselgliedhafte. Am widerlichsten war der letzte. Band mir die Arme auf den Rücken und sagte nachher immer: Der Silberlöwe verläßt die Bettstatt seiner Triumphe. – Ist das normal, Herr Thalmann?

Gewiß nicht, Fräulein Trüssel, doch auch Ihr Aberwille liegt sehr wahrscheinlich außerhalb der Norm.

Was sehe ich vor mir, Herr Thalmann, wenn ich die Männer, die mir bis heute in die Quere kamen, Revue passieren lasse?

Was denn?

Eine Karawane von borstigen Simpeln. Eine röhrende Schwanzmafia.

Es geht hier nicht – noch nicht – um Fräulein Trüssels Leiden, ich denke nur an Fräulein Trüssel, weil ich am Beichten bin. Sie nämlich lieferte mir jene Daten, die ich für die erwähnten Bluffereien in meiner Anfangsphase als Berater brauchte. Sie brachte mich mit ihrem Astro-Tick auf die Idee. Es meldete sich beispielsweise ein Herr Hommel zur Beratung an, ein Joseph Hommel. Kaum war das Telefongespräch beendet, nahm ich den Hörer wieder von der Gabel, rief an im kantonalen Paßbüro, verlangte Fräulein Trüssel, daselbst als Sekretärin angestellt, und sagte: Guten Tag, es geht um einen Hommel Joseph, habt ihr den? – Sie sagt: Moment, und bald darauf: In

Lüterkofen, Kanton Solothurn, geboren, und zwar am 9.11.1929, Polizeigefreiter. – Danke! sag ich, und sie sagt: Gern geschehen!

Und jetzt bereite ich mich gründlich vor. Vier Tage später sitzt mir Herr Hommel gegenüber. Ich schau ihn eine Weile prüfend an. Herr Hommel, sag ich dann, ich halte Sie für ausgesprochen willensstark und kämpferisch, Sie sind es sicher nicht gewohnt, bei andern Menschen Rat zu suchen?

Das stimmt, es ist das erste Mal.

Entsprechend ernst wird das Problem sein, das Sie zu mir führt.

Das kann man sagen.

Hat es eventuell zu tun mit Ihren Prostata-Beschwerden, beziehungsweise mit Ihrem Blasenleiden?

Zum Kuckuck ja, wie kommen Sie darauf?

Das Urogenitalsystem, Herr Hommel, ist sozusagen die Achillesferse des Skorpion-Geborenen. Und daß Sie etwas anderes als Skorpion sind, das halte ich für unwahrscheinlich. Der Mars-Einfluß ist offenkundig, doch Widder sind Sie nicht, denn Ihre Schädelform verrät die Herbstgeburt. Bleibt also nur der Skorpion, am ehesten Dekade zwei, November, ich tippe auf den achten oder zehnten, Irrtum vorbehalten.

Herr Hommel räuspert sich und sagt: Verrückt, ich habe nie an dieses Zeug geglaubt, Sie tippen auf den achten oder zehnten, und richtig ist der neunte.

Quak, was du willst, ich habe keinem Menschen Schaden zugefügt, im Gegenteil, ich habe lediglich mit Hilfe eines winzigen Mirakels für etwas Gläubigkeit gesorgt, denn ohne sie ist jede Therapie von Anfang an am Ende. Ich habe umweglos ein Klima des Vertrauens hergestellt und dem Klienten zum Gefühl verholfen, durchschaut zu sein – vielleicht sogar verstanden.
Die positive Ausgangslage, zugegeben, war partiell erschwindelt; dem Arbeitsfortgang jedenfalls, mithin dem Wohle des Klienten, war sie förderlich.
Dadurch auch meinem eignen: Rasch wuchs mein Ruf, und meine Existenzangst – ich stand ja nach der Amtsenthebung vor dem Nichts – entschärfte sich. Statt dessen platzte meine Praxis aus den Nähten, so daß ich mich nach kurzer Zeit entschloß, den Hokuspokus aufzugeben und Fräulein Trüssel nicht mehr anzuzapfen.
So, Frosch, das war's, und so weit hast du mich gebracht, daß ich selbst Handlungsweisen, die rundum Akzeptables stiften, beichtpflichtig finden muß.
Vielleicht ist dies das Unerwachsene an mir? Nachts oft – auch heute noch – die Angst, ein Lump zu sein. Erwachend spüre ich mich überschwemmt von Argwohn. Der plötzliche Verdacht auf Schlechtigkeit stürzt mich in Panik, löscht kalt die helleren Partien meines Selbstbilds. Ich bin mir restlos fremd und würde jedem, der mich jetzt beschriebe, alles glauben. Und wäre

auch bereit, mir diese Gläubigkeit moralisch anzulasten und als Indiz dafür zu nehmen, daß mir das Zentrum fehlt, der Kern. Und wäre umgekehrt nicht abgeneigt zu denken, daß sie von Fülle zeugen könnte und darauf hinweist, daß ich vieles bin. Und schämte mich auch dieser Deutung.

Am Morgen aber wachsen die Konturen nach, und wenn er vor dem Spiegel steht, weiß Franz, wen er rasiert.

Nachtrag zu Joseph Hommel. Er hat sich umgebracht. Ich bin nicht schuld. Zum Zeitpunkt seines Freitods in der Zelle, in der er nüchtern werden sollte, obwohl er nur ein Bier getrunken hatte, war er schon lange nicht mehr mein Klient. Und nicht mehr Polizeigefreiter im Vollsinn dieses Wortes. Ein Lungenleiden hatte ihn befallen, kaum daß die Prostata entfernt war. Was er beruflich jetzt noch durfte, muß er als Schmach empfunden haben: Parkuhren kontrollieren.

In einer Julinacht – es lag kein spezieller Anlaß hinter ihm, kein Jubiläum, kein Geburtstag, nur der Stammtisch – befand sich Hommel auf dem Heimweg. Harndrang vielleicht, darum der Umweg durch die Bahnhofunterführung. Im Pissoir kämmt Hommel sich vielleicht, schaut traurig in den Spiegel und denkt vielleicht: Stirnwinkelglatze, halbbatziger Polyp und lahmer Seicher.

Und er verläßt das Pissoir, eilt durch die menschenlose Unterführung, passiert drei Telefonkabinen, von denen eine demoliert ist, hört etwas klingeln und bleibt stehn. Jaja, es klingelt in der mittleren Kabine. Merkwürdig, denkt Herr Hommel. Und dann, gepackt von eigentümlicher Erregung, reißt er die Türe auf und schließt sie sofort wieder hinter sich und nimmt den Hörer von der Gabel.

Die beiden Polizisten, vom Bahnsteig her die Treppe, welche in die Unterführung mündet, niedersteigend, sehen folgendes: Ein Mann steht in Kabine zwei, lauscht lange, spricht dann selbst, lauscht wieder. Und läßt den Hörer plötzlich fallen, steht zitternd dort, der Hörer bammelt, der Mann holt aus und gibt ihm einen wilden Tritt, das Glas der Zellenwand zersplittert.

Die Polizisten stürmen hin und zerren ihn aus der Kabine, und einer sagt: Jetzt haben wir den Sünder. – Der andre sagt: Herrgott, das ist ja Hommel, bist du verrückt geworden, Sepp? – Joseph bleibt stumm, er würgt, will sprechen, bringt kein Wort heraus. Die Polizisten wirken überfordert, und schließlich sagt der jüngere: Sternhagelvoll! – Der ältere meint mild: Joseph, wir müssen dich jetzt auf den Posten bringen, du weißt ja selber: Pflicht ist Pflicht, du kannst dann bei uns schlafen. – Und Hommel nickt und würgt und nickt und ist ganz grau, und unterwegs erbricht er sich an eine Parkuhr und stülpt die Lippen vor und sagt mit Fistelstimme: Giggis gäggis Eiermus. – Die Polizisten lachen ängstlich. Sie nehmen ihn in ihre Mitte und gehen schneller jetzt und werfen immer wieder scheue Blicke auf Sepp Hommel, der seltsam summend seinem Sturz entgegentaumelt.

Nachtrag zu Fräulein Trüssel. (Ich nenne sie, auf ihren Wunsch, *Frau* Trüssel; das -lein, so findet sie mit Recht, sei nur der sprachlich konservierte Ausdruck von männlicher Herablassung, sei eine Pseudo-Koseform, ein Stempelaufdruck oder Warenzeichen, das es der Herrenwelt erleichtere, das Freiwild auszumachen.) Frau Trüssel war die erste. Mit ihr begann ich die Beratertätigkeit. Durch sie erlitt ich auch die erste (halbe) Niederlage: Ihr Ekel vor den Männern (soweit sie eben Männer waren und nicht einfach Menschen) war restlos resistent und so umfassend, daß sie sogar die hinteren Partien ihrer Hündin, obwohl die längst kastriert war, einnebelte mit einem Schutz-Spray gegen Rüden.

Eines, so sagte ich damals, ist mir nicht klar, Frau Trüssel. Sie lassen sich mit Männern ein und nennen diese gleichen Männer ein gieriges Gesindel, das Sie mißbraucht.

Herr Thalmann, sagt Frau Trüssel, das ist der Grund, warum ich hier bin, ich möchte, daß Sie mich befreien.

Von Ihrem Männer-Ekel?

Neinnein, vom Zwang zum Mann.

Das kann ich nicht, Frau Trüssel. Der Ekel ließe mit sich reden, der Zwang zum Mann ist meistens angeboren.

Sie sind so furchtbar schmuddelig!

Wer? Ich?

Neinnein, die Männer, sie stoßen mit dem kleinen Finger in ihr Ohr und holen Schmalz heraus, betrachten es und streichen es ans Tischtuch. Sie halten mir gespreizte Zehen hin und fordern Mitgefühl für ihren Fußpilz. Grauenhaft. Und diese Schuppen. Und die verfleckten Hosenschlitze. Das Rauchermaul. Und schließlich dann das linkische Getaste nach dem Verschluß des Büstenhalters und dann der rasche Rest – nein, meinen Ekel kann und darf mir niemand rauben. – Was Sie erzählen, Fräulein Trüssel, ist in der Tat nicht appetitlich. Was aber treibt Sie in die Arme dieses Packs, wenn nicht ein wenig Lust?

Ganz falsch, das heißt, halb richtig. Der Appetit ist stark, das geb ich zu, die Speise aber widerwärtig, dies ist mein Leiden.

Ich wiederhole, Fräulein Trüssel, naturgegeben ist der Appetit, naturgegeben ist die Speise, wir können nur am Ekel rütteln und sonst an nichts. Der bleibt, muß bleiben! Und Sie vergessen eins, Herr Thalmann: Man könnte auch den Speisezettel ändern.

Wie das?

Es gibt noch anderes als Männer.

Aha. Und ich, was soll ich da?

Das sagte ich doch schon: Ich möchte, daß Sie mich vom Mann befreien helfen, daß Sie mich unterstützen bei meinem Triebzielwechsel.

Ich habe es getan, wenn auch nicht unbedingt begeistert. Ich tastete Roswitha Trüssels Ekel nicht mehr an. Und doch war da mein Männer- oder Psychologenstolz, der es nicht zuließ, diesen Abscheu gleichsam zum Nennwert anzunehmen, das heißt, ihn zu begreifen als angemessenen Reflex auf objektiv Abscheuliches. Denn ihren Frosch besänftigt manche so, daß sie im Garten der Begierde zwar flaniert und da und dort ein bißchen nippt, sich aber durch konstantes Naserümpfen als unbeflecktes Passivmitglied kenntlich macht.

Und zweitens: Sind denn die Frauen appetitlicher? Man frage beispielsweise meinen Bruder. Wenn unser Herrgott, so sagt Paul, mich nicht mit diesem starken Trieb versehen hätte, ich würde angesichts der schlüpferigen Spalten, Furchen, Wülste undsoweiter glatt verzagen.

Dies sagt mein Bruder Paul, nicht ich. Ich sage nur: So schön wie Kezia war keine.

8

Ein interessantes Tier, die Beth. Zwar keine Schönheit, ein bißchen knochig, ein Wildsaufell, ein abgebrochnes Horn, sonst aber gut im Strumpf und ausgesprochen artig. Auch punkto Milch in Ordnung, wenn's nicht grad furchtbar föhnig ist, das spürt sie einfach. Sie spürt noch manches. Den Tierarzt mag sie nicht. Sie scheißt, sobald ein Fremder in den Stall kommt. Auf seltsam gutem Fuß steht sie mit unserm Appenzeller, er wird nicht müde, sie zu lecken, hinten, und manchmal frag ich mich, ob dieser Hund normal ist. Ein interessantes Tier, die Beth. Das einzige, was mir ein wenig Sorge macht, ist deine stille Brunst. Man sieht nicht, wenn du stierig bist, man sieht und merkt rein nichts, und die Besamung wird zur Lotterie. Doch wenn's dann einschlägt, läuft immer alles wie am Schnürchen, und wenn sie nahe am Termin ist, dann weiß ich immer: Beim nächsten Mondwechsel gibst du das Kalb heraus.

So ist's. Ein Tier spürt manches. Verglichen mit dem Menschen spürt es manches, und für gar manches ist ein Menschenschädel taub. Wer Kühe kennt, der weiß auch, daß sie nicht ganz so blöd sind, wie die Städter glauben, die keinen blassen Schimmer haben von der Natur, auch wenn sie stolz sind auf ihr Balkonkräutergärtchen. Ich denke oft: Der Städter ist kaputt und ist doch irgendwie furchtbar gesund, sonst ginge er zugrunde. Wer diesen Lärm aushält und diese Stinkerei und das Gewühl und diesen ganzen grauen Haus- und Straßendreck und dieses Warenhausgetümmel und das Gerangel um den Parkplatz und all die halbverrückten blassen Birnen, ich sage, wer das aushält, der ist im großen ganzen etwa so gesund, wie es ein Schneepflug ist. Sie ziehen jetzt aufs Land, zum Teil, die Städter, doch in der Regel gibt's mit ihnen Scherereien. Sie passen sich nicht an, der Stüssi wischt die Straße nicht vor seinem Haus, nicht mal am Samstagmittag, dem Berger sind die Kuhglocken ein Ärgernis, und die Frau Gallmann sagte jüngst zur Klär: Es würde mir gefallen hier, wenn dieser Mistgeruch nicht wäre. – Ich sag zu Klär: Du meine Güte, so eine Pfunzel, da hockt sie jahrelang im Ruß und saugt sich voll mit Abgas, und wenn's dann mal natürlich riecht, rümpft sie die Nase, diese noble Gans. – Ach weißt du, sagt die Klär, sie ist ja sonst ganz nett, nur … – Nur was? frag ich. Sie sagt: Ach nichts. – Ich sag: Heraus damit. – Sie sagt: Ach weißt du, ich hab ihr einen kleinen Korb mit Pflaumen bringen wollen, letzte Woche, sie hat gesagt: Das ist sehr freundlich, nur, wir mögen Pflaumen nicht besonders. – Ich hab das Körblein wieder mitgenommen und habe mich geärgert, hab aber auch gedacht, es ist ja recht, wenn Menschen ehrlich sind. – Ehrlich, ehrlich! sag ich, verwöhnt ist sie, die dumme blöde Zwetschge, und ehrlich wär's gewesen, wenn sie gerufen hätte: Pflaumen sind zu wenig vornehm! – So ist es doch. Den Gallmanns und all den anderen modernen Affen ist eine Pflaume zu kommun, statt dessen kauft und ißt man irgendwelche von Burma oder Peru importierten Mirabellen, das Stück zu fünfundneunzig Rappen, das spielt ja keine Rolle heutzutage, Hauptsache, man stopft sich voll mit Ausgefallenem, Hauptsache, man ist kein simpler Pflaumenfresser wie der Nachbar. So ist das heute, ich reg mich nicht mehr auf, ich sage einfach: Scheißen müssen alle, das ist ein Trost, und sterben auch, und ich sag weiter: Gnad Gott all diesen Wohlstandsmißgeburten, falls jemals wieder andre Zeiten kommen! Und käme dann Frau Gallmann vor Hunger klappernd auf den Knien angerutscht und bäte um zwei Pflaumen, ich würde sagen: In Burma oder Peru gibt's himmelblaue Mirabellen, fein süß, klopft dort an.

Ich bin in Armut aufgewachsen. Brotsuppe und Kartoffeln, am Sonntag eine Kümmelwurst für sechs Personen. Ich sag nicht, daß das gut war. Es war schlimm. Ich sag nur: Heute ist es schlimmer. Vor einem Jahr hat mich die Klär ins neue Einkaufszentrum mitgeschleppt, an einem Samstag, ein riesiges Gebäude am Rand der Stadt, zirka so groß wie sieben Fußballplätze, und drinnen unter anderm eine ungeheure Halle, vollgestopft mit Millionen Nahrungsmitteln, da kannst du alles kaufen, was es auf Erden gibt, alles ist da gestapelt und gespeichert und angehäuft und aufgetürmt, ein schauderhafter Überfluß, vom Neon grell beleuchtet, und ständig hörst aus irgendwelchen Löchern in der Decke eine Stimme, die wie Schleim auf dich herabtropft und die von Sparen spricht, von Zugreifen, von Aktion und Multipack. Das Schlimmste aber sind die Menschen, die Frauen, es sind ja fast nur Frauen, nein, es hat auch Männer, item, die stoßen einen Wagen vor sich her, der fast so groß wie eine Badewanne ist, und diesen Wagen füllen sie. Ihr Blick ist ähnlich glasig wie der von frischgebornen Kälbern, und ihre Hände schweben zum Gestell und packen einen Gegenstand und legen ihn rasch in den Einkaufswagen. Und bis sie endlich in der Schlange vor der Kasse stehen, ist ihr Wagen bis an den Rand gefüllt, zuoberst liegt noch eine Packung mit zweiunddreißig WC-Rollen, und ich bin sicher, soviel brauchen die an einem Wochenende, wenn sie das alles essen, was im Wagen liegt. Nur eben, sie essen es ja nicht, sie kaufen's nur, am Montag kommt die Hälfte in den Kübel, das ist doch sonnenklar, das soll doch keiner leugnen. Paul war ja Fahrer beim städtischen Bestattungsamt, ein Jahr lang, das ist dann nicht gegangen, und nachher war er eine Zeitlang bei der Müllabfuhr und hat zu mir gesagt: Pro Kopf pro Tag ein halber Sack voll Abfall, ein halber Fünfunddreißigliltersack, und nach zehn Wochen hab ich's nicht mehr ausgehalten, die Menschen machen außer Kehricht nichts, hat Paul gesagt, und er hat recht, drum sag ich: Heute ist es schlimmer.

Was willst du? sagen sie im Löwen, das ist der

Wohlstand, und wenn die Leute nur die Hälfte kaufen, dann gehen Arbeitsplätze flöten, sowohl in der Fabrik wie bei der Müllabfuhr. – Ich sag: Vielleicht bin ich ein alter Gaul, der außer seinem Hafer nichts kapiert, doch seh ich's so: Wenn einer nur die Hälfte kauft, reicht ihm der halbe Lohn und damit auch ein halber Arbeitsplatz, der andere wird frei für einen andern, der nur die Hälfte kauft und darum mit dem halben Lohn auskommt und damit mit dem halben Arbeitsplatz etcetera. – Komm, hör doch auf mit deinen Sprüchen, du gefitzter Strolch du, sagt der Mäder, das fehlte noch, daß jeder auf der faulen Haut liegt wie ein Neger. – Und Feusi Titus sagt: Und mit dem Wachstum wär's auch Essig, es ginge rückwärts, und davon abgesehen ist kaum ein Schwanz bereit, auch nur auf einen roten Rappen zu verzichten. – Das stimmt, sagt Theo, das stimmt zum Glück, wir brauchen Fleiß, wir brauchen Leistung, sonst können wir zusammenpacken und schrumpfen ein. – Ich sag: Wenn ihr nicht sehen wollt, was heutzutage verschwendet und verschleudert wird und was für Lumpenzeug man produziert und wie heut jeder miese Dreck mit Hinweis auf die Arbeitsplätze geheiligt wird, dann seid ihr selber schuld, und eines sag ich euch getrost nach sieben Gläsern: Daß dieses Volk von einig Brüdern und von fetten Seckeln einschrumpft, ist vorderhand nicht zu befürchten, prost. – Prost Klemens, ruft die Wirtin, er lebe hoch und schrumpfe nie! – Und alles lacht, ich auch, und dabei ist mir trüb.

Der Paul hat recht, die Menschen machen außer Abfall nichts von Belang, er ist kindgut, der Paul, und darum gibt es Leute, die ihn behandeln wie ein Kind, und solche, die im Wirtshaus zu ihm sagen: Rote Haare – Galgenware, rote Leute – Teufelshäute. – Das ist grad wie im Hühnerhof. Sobald ein Huhn nicht gleich ist wie die andern, sobald es beispielsweise krank wird, gibt es keine Schonung, dann kommen alle andern Hühner und peinigen das kranke Huhn und schikanieren es und picken es zu Tode. Natürlich wehrt sich Paul, mit Recht, doch wenn er wild wird, wirft man ihn hinaus und sagt: Wirtshausverbot für dreißig Tage. Er hat's nicht leicht, jetzt geht es besser, seit er im Wald schafft, geht es besser, sie haben dort Verständnis. Mit einer Metzgerlehre hat er angefangen, er war nicht sehr geeignet. Am zweiten Montag ist er heimgekommen und hat gesagt: Ich hatte heute wieder Schlachthausdienst, ich habe an die sechzig Rinderköpfe aufgepumpt, im heißen Wasser aufgeweicht und dann rasiert, und in der Ecke lag ein Berg von Häuten, und dieser Berg hat stundenlang gezuckt, ich will nicht Metzger werden, Vater. – Ich sag: Was man beginnt, das führt man auch zu Ende. – Er hat sich dann im WC eingeschlossen und hat die halbe Nacht gekotzt. Am dritten Montag ist er im Schlachthaus mehrmals umgekippt, der Schlachthauschef hat angerufen und gesagt: Holt bitte euern Sohn, wir haben weiß Gott anderes zu tun als einen nervenschwachen Lehrling aufzupäppeln, aus dem wird nie ein Metzger. – Er hat dann eine neue Lehre angefangen, als Friedhofgärtner in der Stadt, und hat sie abgeschlossen mit Erfolg und ist auch nach der Lehre dort geblieben drei Jahre lang. Heut glaube ich, daß dieser Arbeitsort nichts für ihn war und sein Gemüt vergiftet hat. Es ist dann etwas vorgefallen an einem eisigen Novembertag. Er hat den ganzen Morgen Gräber eingewintert, bis zwei Uhr mittags. Um zwei war eine Abdankung, und Paul hat sich gesagt: Ich setz mich auch in die Kapelle und wärm mich etwas auf. Auf der Empore, ganz zuhinterst, hat ihn der Schlaf dann übermannt, und er beginnt – wie immer, wenn er schläft – unglaublich laut zu schnalzen mit der Zunge, und alle Trauergäste und der Pfarrer sind empört, und man entläßt ihn fristlos. Doch einer in der städtischen Behörde setzt sich für ihn ein, man gibt ihm gnadenhalber eine Stelle als Chauffeur beim Bestattungsamt. In dieser Zeit hat er zu trinken angefangen, am frühen Morgen schon vier Gläser Kalterer, und baut mit seinem schwarzen Kastenwagen einen Unfall und wird erneut entlassen. Kommt dann zur Müllabfuhr, hört wieder auf, macht dies und das, kann nirgends bleiben, weil er dreimal im Jahr versorgt wird, schließlich bekommt er diese Stelle als Waldarbeiter, und seither geht es besser. Man drückt ein Auge zu, wenn ihn die Wanderlust befällt und er mit seinem Rucksack herumvagiert und mir nichts dir nichts jedes Weibervolk umhalst. Im Wald drückt man ein Auge zu, die Städter aber fangen ihn dann ein und machen ihn mit Spritzen und Tabletten ruhig, und wenn er ruhig ist und traurig und zerknirscht, läßt man ihn wieder frei. Myrta hat Angst vor ihm. Bei Myrta spricht er häufig vor, wenn er im Schuß ist. Du brauchst doch deinen Bruder nicht zu fürchten, sag ich zu ihr, er krümmt doch keiner Fliege ein Haar. Sie sagt: Du solltest ihn erleben, er kommt und schwatzt und redet uns ein Loch in unsre Köpfe, pausenlos, und tischt den Kindern Greuelmärchen auf, dann legt er sich aufs Sofa, schließt die Augen und singt drei Stunden lang mit Inbrunst »Und dennoch hab ich harter Mann die Liebe auch verspürt«. Immer nur diesen Vers singt er, und es ist aussichtslos, ihn abzustellen, wir werden fast verrückt. Und einmal habe ich gesagt: Wenn du nicht endlich aufhörst, Paul, dann rufe ich die Klinik an. – Probier's doch, Schwesterlein, hat er gesagt, ich geh zum Telefon und nehm den Hörer ab, Paul kommt mir sofort nach und nimmt das Kabel in den Mund und kaut und beißt, bis es entzwei ist, und legt sich wieder hin und singt.

So geht's. Ihm fehlt die Frau. Die meisten Junggesellen sind ein wenig eigen, vor allem, wenn sie älter werden. Die einen trinken, die andern lesen ständig in der Bibel, den dritten fehlt sonst eine Zacke an der Gabel. Mein Bruder selig, der Gustav, war auch ein Kauz, der wurde nie erwachsen, das ist's, die Junggesellen werden nie erwachsen, und noch mit vierundsiebzig Jahren hat sich der Gustav im Altersheim benommen wie ein Kind, es ist schon wahr: Was dreißig Jahre lang ein Kalb ist, gibt keine Kuh mehr. Da gab's zum Beispiel einen Insassen mit Namen Vogler. Und dieser Vogler schöpft seinen Tischgenossen Tag für Tag die Suppe in den Teller, das ist sein Amt. An diesem Zehnertisch sitzt auch der Gustav. Und plötzlich wird der Vogler krank und bleibt dem Tisch für eine Woche fern. Jetzt schöpft der Gustav. Und wie der Vogler wieder kommt und wieder schöpfen will, nimmt ihm der Gustav die Kelle aus der Hand und sagt gemessen: Das mach *ich* jetzt. Der Vogler sagt: Das fehlte noch, das mache ich seit Jahren. – Der Gustav sagt: Eben, und davon hat man hier genug. – Her mit der Kelle, sagt der Vogler, sonst reiß ich dir die Ohren aus, du Tattergreis. – Und Gustav sagt: Du bist ja ein Jahr älter, du invalider Totsch, und überhaupt, ich würde mich verkriechen, wenn ich Vogler hieße. – Und jetzt geraten sich die beiden in die Haare und balgen sich im Speisesaal herum wie Kinder, bis der Verwalter kommt und sie mit Mühe auseinanderreißt. Zwei Jahre später ist er dann verunfallt, der Gustav. In seinem Eigensinn hat er bei Rot den Zebrastreifen überquert, ein Auto hat ihn angefahren und schwer verletzt, und ein paar Tage später ist er dann gestorben. Es waren kaum zehn Leute am Begräbnis, das ist das Los der Junggesellen, doch einer hat ein Zweiglein Rosmarin auf seinen Sarg gelegt und fassungslos geheult, das war der Vogler.

Jaja, kein Mensch wird aus den Menschen schlau, da kannst du hundert Bücher lesen, du kommst nicht weiter, das ist meine Meinung, und früher hab ich stets gedacht: Wenn ich dann älter bin, durchschau ich manches. Du siehst, solang du jung bist, die alten Männer mit den weißen Haaren und denkst: Sie sind zwar alt und abgehalftert, doch haben sie Erfahrung und wissen über Lebensdinge dies und das, sie schwimmen nicht wie wir und sind wahrscheinlich weise. Und plötzlich bist du selber alt und grau und merkst, daß du sonst nichts bist, nur alt und grau und ahnungslos wie eh und je, drum sage ich: Bescheid weiß keiner. Ich denke oft, man sollte alles mal von oben sehn, von ganz weit oben sollte man das Weltgetümmel einmal mustern, wer weiß, was man da alles sähe, was für Zusammenhänge, was für ungeahnte Brücken und Verkoppelungen sich da zeigten, vielleicht auch umgekehrt: Was für ein finstrer Wirrwarr, welch ein konfuser Schimmelpilz, ich weiß es nicht. So oder so, man sähe alles ungefähr so zwergig, wie es wohl letzten Endes ist, und würde vielleicht Tränen lachen, ich weiß es nicht, ich sehe nur die Menschen, die schon geflogen sind und die es also wissen müßten, ich sehe, wie sie scharenweise aus dem Flugzeug steigen und auf der Erde weiterkrabbeln, als wäre nichts gewesen, der Mensch lernt nichts und will auch gar nichts lernen und grunzt herum, gell Beth, wir sind halt doch nicht ganz so ahnungslos, ein bißchen was begreift man schon, und wer ein bißchen was begreift, wird auch ein bißchen brummig, das ist normal. Ich nehm es ihr nicht übel, der Klär, wenn sie mir vorwirft, ich sei unzufrieden, sie schaut mir gut und macht den Haushalt ordentlich. Daß sie mit ihren einundsechzig Jahren noch immer trällert, das ist ihre Sache, es stört mich kaum, nein, sie ist wirklich recht, nur eine Spur zu fromm, wie Gret. X-mal in meinem Leben hab ich festgestellt: Wer fromm ist, ist auch fröhlich. Die Frommen pfeifen, selbst wenn's donnert, das macht mir Mühe. Ich glaub, die Frommen sehen neben ihrem Heiland eher wenig und picken aus dem wenigen heraus, was ihnen paßt, und drum sind sie vergnügt. Die Klär sieht nicht, was läuft, sie will's nicht sehn, sie sagt, der Mensch ist Gottes Kind, drum ist er gut. Ich sag: Du bist ja reichlich mild, wir sind des Teufels, wir schädigen und schleißen sie von früh bis spät, die Schöpfung, und nicht mal unser Herr und Meister käm auf die Idee, uns gut zu nennen. – Dran glauben muß man, sagt die Klär, der Mensch ist letzten Endes gut, man muß es ihm nur immer wieder sagen. – Ich frag: Dann soll man also jedem Menschenschinder und jedem kalten Satan ins Ohr trompeten: Du bist letzten Endes gut? – Ei freilich, sagt die Klär, das soll man. – Gefährlich sind die Frommen nicht, nur hie und da ein wenig störrisch, ein wenig sehr sanftmütig, und weil sie immer brav sind, fehlt ihnen oft der Pfiff. Die Gret ist auch recht fromm gewesen, am Anfang unsrer Ehe jedenfalls, und es ist ziemlich lang gegangen, bis sie es aufgegeben hat, die Samstagnacht als Sünde zu empfinden und mich am Sonntag mitzuschleppen in die Kirche. Ich bin kein Heide, ich glaub auf meine Weise an den Herrgott und seine Engel, ich brauche dazu keinen Pfarrer, und ich bekomme Ohrenweh vom Orgelspiel. Ich sag mir oft: Der Herrgott hat's doch gar nicht gern, wenn man mit ihm hausieren geht grad wie mit Schuhfett, er pfeift auf Propaganda, ihm ist es lieber, wenn wir rechte Leute sind und seine Schöpfung schonen.

So, Beth, das wär's. Ich denke jedes Mal, wenn ich dich melke: Es ist ein Wunder, daß du lebst. Vor bald sechs Jahren komm ich frühmorgens in den Stall. Die Berta stampft und scharrt, aha, denk ich, es ist soweit, und streu ihr reichlich Stroh. Um sechs Uhr ragen dann die schimmernd weißen Klauen des Kalbs aus ihr heraus, und ich befestige an jeder Haxe einen dünnen Strick und zieh daran, sobald sie drückt. Umsonst, es will und will nicht vorwärtsgehn. Nach einer halben Stunde hol ich den Feusi junior, der stellt die Melkmaschine ab und kommt mit mir und hilft mir ziehn. Fünf Zentimeter rutscht es weiter, das Kalb, die Schnauze ist noch nicht in Sicht, hingegen baumelt zwischen seinen Haxen jetzt schwarzviolett die Zunge. Hoffnungslos, sagt Feusi junior, ich hol Verstärkung. Er kommt zurück mit Heini Gaupp. Wir machen am Ende jedes Stricks ein Querholz fest und ziehn zu dritt. Die Berta brüllt. Und endlich geht's, ich atme auf, zu früh, es kommt nur bis zum Widerrist heraus, der ganze Rest bleibt drin, und der verschleimte Kopf hängt schlaff herab, das Kalb verdreht die Augen und plärrt gedämpft und seltsam spröd, und Gaupp sagt: Es verreckt. – Wir ziehen weiter, zehn Minuten lang, und Gaupp sagt: Hoffnungslos, ich hol Verstärkung. Er kommt zurück mit Oschwald Hans, dem Kräftigsten im Dorf, wir zerren wie vier Ochsen, die Berta keucht, das Kalb macht keinen Wank, es ist, als wär es zwischen Schraubstockbacken festgeklemmt, und plötzlich reißt der eine Strick und gleich darauf der andre, wir purzeln alle rückwärts an die Stallwand, und Oschwald sagt: Sie sind noch aus dem vorigen Jahrhundert, deine Kalberstricke, gell? Und Gaupp sagt: Kuh und Kalb verrecken. – In diesem Augenblick machts pflutsch, und draußen liegt das Bethli, ich reib dich tüchtig ab mit Stroh, du lebst und zappelst und bist ein Kalb gewesen, wie man sich's wünscht: Frohwüchsig und solid.

9

Vorfrühlingsvögel pfiffen, als ich verhältnismäßig reibungslos aus meiner Mutter rutschte. Dem Dorli Zolgg, Bezirkshebamme, blieb nur noch übrig, mich zu säubern und mich nach Mängeln abzusuchen. Ich war intakt, ich war, heißt es, von Anfang an normal. Auffällig, höre ich, sei meine frühe Munterkeit gewesen, ich hätte stundenlang gejauchzt, schon ab der achten Woche.

Am Morgen ist mir elend, am Abend bang, und untertags benehme ich mich unauffällig, ich setze Fuß vor Fuß, ich bilde Sätze, ich kämme mich und gebe Trinkgeld und kaufe fünf Tomaten und melde mich am Telefon mit frischer Stimme, ich lese in der Zeitung dies und das, ich bringe mich nicht um, ich dusche oft. Und ich berate Menschen und höre ihnen zu und bin gerührt, daß sie Vertrauen zu mir haben. Ich sitz herum, ich trink, ich brüte, ich suche mich nach Mängeln ab und finde viele und sage jeden Abend: Ab morgen nehme ich mich in die Finger.

Ich schwanke ständig zwischen zwei Gefühlen. Das eine sagt: Es sollte alles anders sein. Das andre sagt: Die rechte Liebe gilt dem Gegebenen.

Paartherapie. So wie du bist, bemerkt ein Gatte und Klient zu seiner Ehefrau, kann ich dich nicht mehr lieben. – Ich wäre vielleicht anders, wenn du mich lieben würdest, entgegnet sie.

Das meine ich. Da rauscht mein Theologenblut: Das Chaos wartet auf den Gotteskuß, und ohne Sonne bleibt Erstarrtes starr. Es ist, als spitze das Verfehlte seine Ohren, um das ersehnte Liebesstichwort nicht zu überhören. Weiß sich der Status quo gehaßt, wird er noch häßlicher. Ein warmer Blick: Schon blüht das Mauerblümchen.

Die Liebe zum Gegebenen steht nicht, wie man befürchten könnte, politisch rechts. Sie konserviert ja nicht, im Gegenteil, sie macht Bewegung und Verwandlung möglich, denn sie taut auf. Die strahlende Enteisungskraft der Liebe verleiht ihr revolutionären Drall.

Es sollte alles anders sein: Es *würde* vielleicht anders, wenn du dich überwinden könntest, es vorerst so zu mögen, wie es *ist*. Zwar sind die Kurse gut besucht, in denen Zärtlichkeit trainiert wird, trotzdem gelingt es wenigen, vorsätzlich Sympathie zu fühlen. Hier greift erneut der Theologe ein und bringt – fast schadenfroh – die Transzendenz ins Spiel: Die Liebesfähigkeit, sagt er, ist eben eine Gnade.

Echt pfäffisch. Wo immer der Verstand für einen Augenblick pausiert, wird hektisch Gott herbeigepfiffen. Und wenn ich mich für etwas schäme, dann dafür, daß auch ich vor vielen Jahren mit diesem Trick mein Brot verdiente. Und wenn ich schon daran bin, mich zu schämen, will ich auch jener Wendungen gedenken, die ich als Pfarrer täglich brauchte: Die Ehe wagen. Das Gespräch wagen. Zur Begegnung vorstoßen. Sich öffnen. Für und für.

Ich lüfte.

Und spür die Gurgel, spür den Wein, dem Liebesthema bin ich nicht gewachsen, hingegen müßte noch zur Sprache kommen mein ehelicher Hauptschock. In Zuzgen, Kanton Aargau, hielt ich ein Winter-Referat: »Seelsorge hier und heute«. – Stimmt nicht, in Zuzgen war ja der Kongreß des Schweizer Zweigs der reformierten Lepra-Mission. Wie dem auch sei, ich kam einmal, im vierten Ehejahr, von irgendeinem Anlaß spät nach Hause. Helen war längst im Bett. Ein Zettelchen, herzförmig ausgeschnitten, lag auf dem WC-Deckel. Ich freute mich darüber. Man weiß, daß solche kleinen Zeichen die Ehe jung erhalten. Ich las: »Das WC ist ganz frisch geputzt und bittet Dich um Sorgfalt!« Was sagt jetzt unser Gurgeltier? Ist das noch zumutbar? Sprengt dieser Aufruf nicht den Rahmen dessen, was noch als ehe-üblich gelten darf? Nur eins. Ich täte heute, gut elf Jahre später, getrost mein Schnäbeli auspacken und willentlich danebenzielen. Was aber tat ich damals? Ich legte mich mit ungeleerter Blase und irgendwie geknickt ins Bett und nahm mir vor, am andern Morgen das Gespräch zu wagen.
Es kam dann nicht dazu. Die Mädchen machten zuviel Lärm beim Frühstück, und Helen drängte

mich zum x-ten Mal, doch endlich eine Freizeitjacke anzuschaffen. Ich würde, sagte ich zu Helen, ich würde vielleicht eine Freizeitjacke kaufen, wenn sie nicht Freizeitjacke hieße. – Du bist so furchtbar stur, sagt sie, das ist doch einfach läppisch. – Ich sage laut: Helen, ich will und brauche keine Freizeitjacke! – Sie sagt: Es gibt jetzt neuerdings auch waschmaschinenfeste. – Das interessiert mich nicht. – Soso, es interessiert dich also nicht, ob deine Wäsche mir viel oder wenig Arbeit macht, dem Pascha ist ja alles selbstverständlich. – Helen, du weißt, wie sehr ich deine Arbeit schätze. – Siehst du sie überhaupt? Ist dir zum Beispiel klar, daß eine Toilette nicht automatisch sauber wird? – Es ist mir klar. – Du hast mir nie dafür gedankt! – Ich danke dir.

Es darf, so finde ich, nicht so weit kommen, daß jeder, der den Staat bemängelt, als Staatsfeind gilt. Ähnlich verfehlt ist eine ähnliche Tendenz: Ein negatives Wort zur Frau macht dich zum Frauenfeind. Es hat sich heute eingebürgert, daß Frauen öffentlich von Schwanzabschneiden reden dürfen und unsereinem nur noch zugestehn, denselben einzuziehn. Seit zwanzig Jahren steh ich in der sozialen Praxis. Ich sah – als Pfarrer und als Therapeut – in Dutzenden von Fällen, wie Frauen ihre Männer auf die subtilste Weise schikanierten. Es gibt die plumpe und brutale und obendrein gesetzlich abgestützte Männerherrschaft, ohne Zweifel, sie sei verflucht. Es gibt daneben die diskretere Kolonisierung des Mannes durch die Frau, die untergründige Gewalt, die pseudosanfte Notzucht, das ist bekannt, und wer es laut sagt, ist ein Macho, und wer die Frauen heiligspricht, beziehungsweise – was dasselbe ist – sie immerzu als Dulderinnen deutet, womit er sie erst recht erniedrigt, der ist ein hochmoderner Ritter und ein galanter Geist.

Ich stehe in der Metzgerei. Drei Frauen waren vor mir da, und sieben kamen nachher. Die Metzgerin bedient. Und nach der dritten Kundin fragt die Metzgerin: Wer ist jetzt an der Reihe? – Ich sage: Ich. – Die Dame rechts von mir sagt lauter: Ein Pfund gehacktes Rindfleisch, bitte. – Gern! sagt die Metzgerin. Und dann: Wer kommt jetzt dran? – Ich sage: Ich. – Die Dame hinter mir ruft: Bitte, dreihundert Magerspeck und etwas für den Hund. – Gern, sagt die Metzgerin, bedient und fragt: Und jetzt bitte? – Ich sage sofort: Eine Bratwurst! – Gleichzeitig meint die Dame links von mir: Entschuldigung, ich warte schon am längsten, ein Kilo Kalbsvoressen.

Ich bin nicht blind.

Ich streichle Helen. Helen sagt: Ich bin so müde, Franz.

Ich streichle sie. Sie sagt: Ich habe Kopfweh.

Sie streichelt mich. Ich bleibe etwas zugeknöpft. Sie sagt: Man könnte neben dir verdorren.

Im Warenhaus sagt sie: Das sind die Socken, die du brauchst. – Ich sag: Ich hätte gern die braunen. – Sie sagt: Grün ist doch fröhlicher. – Ich sag: Braun ist mir lieber. – Sie sagt: Mach, was du willst, du Querkopf.

Ich liebte sie. Ich lutschte Pfefferminztabletten, bevor ich mich ihr näherte. Ich gab das Rauchen auf. Ich kaufte grüne Socken und kurz vor Eheende noch eine Freizeitjacke. Es störte mich fast nichts an Helen, damals. Sie war für mich *die* Frau, auch in der Selbstvergessenheit des letzten Sommers. Daß Kezis Lippen konkurrenzlos samtig waren, das schien mir wunderbar, doch nicht entscheidend: Ich hatte Helen gern. Es ist der Rückblick, der mich stutzen läßt, es ist am Ende nur der Frosch, der mich dazu verleitet, nach Schattenseiten meiner Frau zu fahnden.

Mach jetzt nicht schlapp und unterwirf dich nicht. Sie *hatte* Schattenseiten, sie war vielleicht tatsächlich – wie Paul es drastisch sagt – ein Essighafen, ein Essighafen allerdings, der von sich glaubt, er sei ein Sirupkrug.

Mir könnte das ja recht sein. Ich lechze nach Entlastung. Wie aber, wenn sich zeigen würde, daß ich an Helens Schattenseiten, die meine Schuld begreiflich, wenn nicht sogar entschuldbar machen, mitschuldig war? Dann wäre ich verloren. Trotzdem: Als Psychologe muß ich diese Frage stellen. Als Franz und Mensch hingegen verzichte ich auf eine breite Antwort und sage nur und nochmals: Mir waren Dissonanzen damals unerträglich, und Friede schien mir wichtiger als braune Socken. Ich wich dem Machtkampf aus und stärkte dadurch vielleicht Helens Macht. Ihr Wille wuchs an meiner Willensschwäche, die ich für Sanftmut hielt. Ihr Dominanzverhalten, durch keinen Faustschlag auf den Tisch gebremst, begann sich häuslich einzurichten.

Waschlappenfranz.

Bitte, naiv war ich, sonst nichts. Ich sah die Ehe damals noch als malerisches Reservat, als Insel, die es freizuhalten galt von der politischen Verschlammung. Am ehefremdesten, so dachte ich damals, sind Strategie und Taktik. Ich habe umgelernt. Die Ehe ist – wenn mich nicht alles täuscht – ein närrisches Duell, ein fintenreicher Hosenlupf, ein Abbild des Globalgerangels. Schmerzlich zu sehn, wie junge Leute, von einer heuchlerischen Propaganda angefeuert, dem Elend scharenweise in die Arme rennen und wie sie dann nach kurzer Zeit verbittert und zerknittert in meiner Praxis hocken. Sogar das Bett – die letzte heile Nische, wie man vermuten könnte – wird zur Arena degradiert, mein Mann kommt so verflixt geschwind und will, daß ich mich spute; der Kriechgang meiner Frau, du lieber Himmel; er schreit dabei, ist das normal, sie bleibt so mäuschenstill, ist das normal; er beißt, sie kratzt, ist das normal, ist das normal, ist das normal, Herr Thalmann?

Ich hänge meinen Job in Kürze an den Nagel und mich dazu, der Paul hat recht, es ist fast alles schief und fad, das einzige, was fad und trotzdem gut ist, sagt der Paul, sind Nudeln.

Wie schlage ich mich bis zum Morgengrauen durch, mit jedem Glas dünkt mich die Welt verfehlter, im letzten Juni hat er ausgezappelt, Holunderblütenduft auf einem Dorffriedhof, die Wirtin und die Mesmerin verträmt, Paul ziemlich munter, Myrta undurchsichtig, ich so leer, das halbe Dorf im ernsten Halbkreis, Gesang, Gebet, die Tante Klär und Paul und Myrta werfen Rosen, ich werfe keine Rosen, mir sitzt sein letzter Wille in den Knochen, »daß mir der Franz nicht an den Sarg kommt«, Störung des Totenfriedens, ich sehne mich an Vaters Grab nicht nach Versöhnung, ich sehne mich nach Kezis Haut, Triumphgefühl: *ich* lebe noch. Und sofort wieder Scham und sofort wieder Panik: Ich habe graue Haare, bin fünfzig bald, von ihm da stamm ich ab, bum und die Zelle wuchert, wächst und wird zum Franz, und unbegriffen zischt die Zeit vorbei, du suchst bereits nach einer Lebens-Überschrift für dich und denkst vielleicht ganz rasch und barsch: Hodensackgasse.

Ein Tod, sofern er mich nicht gänzlich hirnleer machte, hat immer nur die schwärzesten Gedanken in mir hervorgerufen. Man könnte heiter sein, wenn er das Leben nur *vernichten* würde, so gnädig aber ist er nicht, das hieße seinen Ehrgeiz unterschätzen, er macht es vielmehr *nichtig*, unser Dasein, und es ist mehr als nur ein muskuläres Phänomen, daß alle Toten aufgerissne Augen haben, die das Entsetzen widerspiegeln, das jeden Sterbenden beim Blick zurück befällt. Der Tod berührt uns an den Schultern, dreht uns – als hätte er nichts weiter als ein Tänzchen vor – um hundertachtzig Grad herum, stößt uns sein Knochenknie ins Kreuz und kommandiert: Nun Augen auf! – Und wir, gewöhnt ans Vorwärtsschauen, gewöhnt, auf Ziele hin zu leben im Glauben, daß jeder zielbewußte Schritt auch sinnvoll sei, wir blicken jetzt verstört auf das, was der abrupte Perspektiven-Wechsel uns vielleicht erstmals sehen läßt: ein Panorama grandioser Kläglichkeit.

Ich stand an manchem Sterbebett. Als Pfarrer. Und immer überfordert, hilflos, schuldbewußt. Es war nicht Teilnahmslosigkeit, im Gegenteil, ich spürte einfach meine Ohnmacht, ich spürte, daß für den Todgeweihten der Trost, nach dem er sich so sehnt, erbärmlich klingt und daß er nur aus Höflichkeit und Schwäche nicht ausbricht in ein Hohngeheul. Untröstlichkeit ist das normale Schlußgefühl des Gehenden, nimm seine Hand, sprich wenig, begreife seinen Trotz: er fühlt sich hintergangen, er ist vergleichbar einem Radrennfahrer, der voller Zuversicht in die Pedale tritt und der – beflügelt von der Vorstellung des Ziels, vielleicht sogar des Sieges – Etappe um Etappe tapfer meistert. Er nähert sich dem Ziel, hebt seinen Hintern, spurtet, sieht nicht, daß hinter der Ziellinie die Straße eingebrochen, die Erde ausgehoben ist, und saust hinab, und es geht allen so.

Wer würde sich am Rennen noch beteiligen, wenn ruchbar würde, daß es ins letzte Loch führt? Falsch gefragt. Wie ist es zu erklären, daß jeder sich beteiligt und mit den andern um die Wette strampelt, obwohl das wahre Ziel der Strampelei seit Ewigkeiten ruchbar ist? Zynisch gefragt. Man hat ja keine Wahl. Beteiligung obligatorisch. Wer lebt, der strampelt auch und damit basta.

Ich stand an manchem Sterbebett, und ich sah dreierlei. Das Ziel läßt sich verstehen als Tor zur eigentlichen Heimat. Das ist die Technik der Verklärung. Brutales wird zum Heilsversprechen, der schonungslose Schluß zur Chance. Not macht erfinderisch, und täglich flattern uns Traktate zu, die von verstockten Menschen künden, die kurz vor ihrem Hinschied phantasievoll wurden. Zweitens: Der Schlußpunkt kommt zwar meistens ungelegen, doch fände man sich mit ihm ab, wenn er am Ende eines andern Textes stünde. Den gilt es umzudichten. Im Unterschied zur ersten Technik wird hier der Weg verklärt und nicht das Ziel. Wer dies versucht, ahnt mit Verspätung einen Sachverhalt, den man vielleicht am besten mathematisch darstellt. Wir tragen auf der Ordinatenachse y die Todesangst, auf der Abszissenachse x die Lebensfülle ein. Und beide nehmen zu vom Nullpunkt aus. Behauptung: y ist umgekehrt proportional zu x. Das heißt: Die grafisch dargestellte Funktion erweist sich als Hyperbel, die sich der Achse x, beziehungsweise y verhalten nähert. Das heißt: Wüchse die Lebensfülle ins Unendliche, dann würde sich die Todesangst (freilich nur asymptotisch) gegen Null bewegen. Bescheiden formuliert: Je molliger die Existenz, desto gelassener der Abgang. Vereinzelte versuchen also, wie gesagt, ihr Textlein umzudichten, die meisten aber – drittens – die meisten überlassen das den Hinterbliebenen und starren voller Grauen, wie gesagt, auf jenes dürre Pfuschwerk, das in der Sprache aller Nekrologe »erfülltes Leben« heißt.

Seltsam, er regt sich kaum, ich atme zwar nicht frei, doch freier und fahre darum fort: Wer »dennoch« sagt, gehört geohrfeigt. Wir leben ein paar Augenblicke und tun so rasend wichtig. Der eine braucht den Ausdruck »Schwerpunktthema«, der andre spricht von »musikalischer Umrahmung«, der dritte sagt: »Anforderungsprofil«, und solche Wörter tönen so, als würden die, die sie verwenden, ewig leben, und ich kann nicht begreifen, warum der Mund kein Schamteil ist. Wir leben ein paar Augenblicke und achten doch auf Bügelfalten, und ist ein weiches Ei zu hart, macht man Theater. Hier fehlt ein Komma! sagen wir. Und wenn der Hürlimann nicht endlich seine Büsche stutzt! Ich steh auf Kümmel. Nicht mein Typ. Naturschwamm oder Kunststoffschwamm? Sie werden mich noch kennenlernen. Ich ziehe Schritte in Erwägung, da man beim Schweizer Radio die vierte Strophe vieler Jodellieder meistens abklemmt. Du, ist der Meier schwul, er trägt ein selbstgestricktes Rosa-Westchen. Wir leben ein paar Augenblicke und sind so falsch, so schwatzhaft, so himmelschreiend oberflächlich und tun die ganze Zeit die Pflicht, die Pflicht und werden dabei schlecht und dumm und grölen in der Freizeit blöd herum und vögeln ruppig. Wir haben Mut zu nichts und Angst vor allem, wir stehen zeitig auf und tun die Pflicht und schämen uns, wenn wir mal liegen bleiben, und wären froh um eine Grippe. Die Eskapadenfreudigkeit nimmt ab, man denkt schon vor der Sünde an den Katzenjammer, uns fehlt nicht nur die Lust, uns fehlt sogar die Lust zur Lust, schon sie gilt als obszön, nicht aber der Verzicht und nicht die Pflicht und nicht die pausenlose feige Füg- und Folgsamkeit und ihre Folge, die Verblödung. Wir sind so eingeschüchtert, so elend zahm, Umgänglichkeit hat Vorrang; weil alles so komplex ist und so erfreulich relativ, sind wir von vornherein entschuldigt, wenn wir nicht dies, nicht jenes sagen, die Selbstzensur nennt man gedankliche Behutsamkeit, und Wahrheitsangst heißt Toleranz, und selbst der zitterigste Hampelmann hat noch die Chance, als kompromißbereiter Geist zu gelten. Ist unser Gang entspannt? Er ist es nicht. Wir gehen, wie wir leben, verkrümmt, gedrückt, geknickt und linkisch. Wie wird bei uns getanzt? Getanzt wird nicht bei uns, wir hopsen höchstens. Wo ist ein seliges Gesicht, frei von Verkniffenheit, frei von Verstellung, frei von der Furcht, nicht zu gefallen? Wo bleiben die Belege, die meine Hoffnung nähren könnten, daß alle meine Nachtgedanken nur alkohol- und froschbedingte Hirngespinste sind? Anna ist tot. Sie mußte weg. Sie paßte nicht. Und Kezi schlummert wo? Liegt einer neben ihr, der ihr Gesicht betrachtet? Faßt er das Glück? So oder so und wie auch immer, wir leben ein paar Augenblicke, und alles welkt empörend hurtig, und daß die Wäsche, die ich trage, mich überleben wird, erhöht die Peinlichkeit des Ganzen, die Glocken aber läuten hell, und würdig wie der Nachruf ist das Orgelspiel, die Würmer wappnen sich, ich lüfte.

Dennoch ein Wort des markigsten Propheten, ein Wort Jesajas, Sohn des Amoz.
»Da ist kein Kläger, der im Rechte wäre.«
Ein reifes Votum. Wie zugeschnitten überdies auf meinen Gast. Freilich, sechs Verse später klagt der Prophet dann selbst und sagt das Nötige zu unserm Lebenslauf hinreißender als jeder andre.
»Wir tappen wie die Blinden an der Wand, wie ohne Augen tasten wir. Am Mittag straucheln wir wie in der Dämmerung. Wir sind im Düstern wie die Toten.«

Und sonst? Tagt es denn nie?

Und Kezi schlummert wo?
Besuch mich nicht mehr, Franz.
Ich muß dich sehn.
Es ist wie tot in mir, besuch mich nicht mehr.
Nach der Entlassung?
Nein, vorbei.
Sie neigt den Kopf, sie schaut an sich herab und gibt mir ihre Augen nicht, sie ist sehr blaß, wo ist der Mund, die Lippen sind nicht schlaff, auch nicht bereit zu irgendeinem Ausdruck, nur wie gebleicht, wie gar nicht da; die Wangenknochen

ausgeprägt wie immer, nicht schroff, so sanft gewölbt wie immer, und so wie immer auch der Mittelscheitel, das Haar hingegen strähnig und leblos schwarz der Schwerkraft ausgeliefert.
Geh jetzt.
Wie leb ich ohne dich.
Geh jetzt.
Dann geht das Leben weiter, man schneidet sich die Fingernägel und streicht sich After Shave ans Kinn und putzt die Brille, ein Pfnüsel ist normal, ein Hexenschuß vergänglich, der Zahnarzt sagt: Sie können spülen.
Und sonst? Sehnsucht nach Demut oft, die Schalen sprengen, das Helle schlürfen ohne Scham und immer wieder spüren: ein vorgewärmtes Pyjama bedeutet schon fast Glück. Der Sonnenblume wenigstens ein Ja entgegenjubeln, von Marschflugkörpern eingekreist empfänglich bleiben für Gezwitscher, am Rand des abgezehrten Waldes sitzen und trotzdem eine Stirne streicheln.
Anna aß noch ein Spiegelei vor ihrem Tod.
In tiefster Seele aber unversöhnlich bleiben, hellwach und hungrig. Schick alle weg, die dich zu sättigen versprechen; ob sie nun westlich, östlich, himmlisch reden, sie meinen es nicht gut mit dir, sie stehn im Dienst des Weltlaufs, der sich noch haariger benimmt, wenn ein paar Satte ihn benicken.
Und sonst?
Hirnleere, Wind und Regen. Zwei volle Aschenbecher. Büroklammern. Ein böser Brief auf Um-

weltschutzpapier. Ein Klebe-Stift. Der Kerzenstock. Der Korkenzieher. Das Lexikon von A bis Z. Krumen von Blätterteigkonfekt. Die Schere. Flaschen. Zündholzschachteln.

Und sonst?

Haarschwund und Raucherhaut.

Und?

Und manchmal kommen mir die Tränen, wenn ich mein Schlüsselbein betaste.

10

Braun oder Fleck, das ist die Frage. Und seit Jahrzehnten gibt's im Dorf zwei Lager, die Braunviehfreunde und die Fleckviehfreunde. Kaum jemals wechselt einer die Partei, denn solchen Überläufern traut nachher keiner mehr. Daneben existiert dann noch ein drittes Grüppchen, das sind die sogenannten bunten Blödiane, die beides haben, doch diese Misch-Beständler genießen wenig Achtung, sie sind, wie's heißt, nicht Fisch, nicht Vogel, auch ich gehör dazu, ich hab vier Braune und diesen falben Fleck, den Stern. Ich könnte auch vier Schecken und eine Braune haben, ich sage das getrost, der ganze Streit ist lachhaft, ich hab genug Erfahrung, hab Dutzende von Rinderleistungsschauen und Mastviehmärkten abgegrast, hab Braun und Fleck im Stall gehabt, und ich weiß alles über Milchleistung, Milchfett-Ertrag, Krankheitsbefall und Futteraufwand, ich kenne Wüchsigkeit und Temperament, Mastfähigkeit und Schlachtausbeute der beiden Rassen, und meine Meinung ist: Sie sind gleichwertig, sie sind sich ebenbürtig, die eine schneidet da ein wenig besser ab, die andre dort, man hat mit beiden Freud und Leid, und jede kann einmal fallieren, entscheidend ist allein, wie man die Tiere hält, wie man sie füttert, das ist logisch, ein leerer Sack steht niemals

aufrecht, und eine Kuh melkt man durchs Maul.
Im großen ganzen ist das alles ganz ähnlich wie
beim Menschen, auf die Behandlung kommt es an,
die Kuh braucht rechtes Gras, das Gras braucht
rechten Boden, der Mensch die rechte Wärme,
sonst wird ein leerer Sack aus ihm, ein Strolch, ein
Luftikus, ein wackeliger Tropf, der jedem Scheißdreck aufhockt und jedem Heils- und Unheilsprediger am Zipfel klebt. Ich sage eins: Wenn du die
Menschenwärme abschaffst, nur weil sie unrentabel ist, wenn du den Leuten statt einem heimeligen
Nest nur Kram und Plunder bietest und sie dazu
dressierst, das Mollige als läppisch zu empfinden,
dann mußt du dich weiß Gott nicht wundern über
unsre Zeit und über all die Wachsfiguren und
kalten Krüppel, in deren gähnendem Gemütsloch
eine Plastikblase wuchert, gefüllt mit Haß und
Angst und falscher Strammheit. Der Fanatismus
und die Kanonenlust und jede andre Niedertracht
und Narretei ist letzten Endes nichts als Wärmemangel, und nicht umsonst heißt es vom Teufel,
sein Schwanz sei kalt wie Eis. Was soll's, ich bin
ein alter Köbi, die Welt macht, was sie will, und
wenn sie untergeht, hat sie es auch verdient, und
keiner soll mir vorher oder nachher sagen, nur eine Handvoll Spinner sei dran schuld. Es braucht
dazu noch Millionen andre Spinner, die nur drauf
warten, daß ein Oberspinner aufs Knöpflein
drückt und Weisung gibt, den Haß-Dampf abzulassen. Mir graut davor, mir graut auch vor dem
Zetermordio der Zeitungsschreiber und all der an-

dern Bengel in Ost und West, die sich ein Leben lang ernähren von ihrer Zwietrachts-Saat, und wenn sie aufgeht, diese Saat, tun sie betroffen und schluchzen falsche Tränen, diese perfiden Heuchelhunde, gottlob bin ich fast achtzig, will's Gott, erleb ich diesen blinden Wahnwitz und diese ganze hoffnungslose Teufelei nicht mehr, will's Gott.

Oft bin ich fast so weit gewesen wie mein Vater, bin oft mit richtig fettem Ekel aufgewacht und hab Grets Hand genommen und gesagt: Man hätte mich gescheiter totgeschlagen, gleich nach der Geburt. – Bin oft frühmorgens in den Stall gekommen und hab die Stricke angestarrt und hab gedacht, ich tu's. Der Vater hat's getan, und Bruder Wendel hat's getan, und ich hab's nicht getan trotz aller Widerwärtigkeiten. Oft ist mir's tagelang ganz rätselhaft unselig ums Herz gewesen, und abgemattet bin ich umhergeschlurft, und abends hab ich mich ins Bett verkrochen und hab zu Gret gesagt: Ich träume Nacht für Nacht, ich sei ein Aas. – Sonst hab ich kaum ein Wort geredet in solchen Tagen, der Kummer hat mich stumm gemacht und meine Zunge zugekleistert, ich bin umhergeschlurft, verfolgt von früh bis spät von einer Stimme, die geleiert hat: Du bist ein ganz und gar verfluchtes Adamskind. – Ich hab das alles überstanden mit Grets und Gottes Hilfe und hab mich leben lassen und mich dazu entschlossen, nicht wegzugaloppieren, sondern dem Grab in jener Gangart zuzupilgern, die mir der Herr verordnet.

Der kleine Bruder hat's getan, der Wendelin, mit einunddreißig hat er es getan und hat die Ursula zurückgelassen mit zwei Kindern. Auf meinem Nacken, hat er im Abschiedsbrief geschrieben, auf meinem Nacken hockt schon jahrelang ein Doppelzentnersack, was drin ist, weiß ich nicht, wahrscheinlich ein Gemisch aus Blei und Sünden, ein schwarzes Kriechtier bin ich, behüt Euch.

Dabei hat man ihn gern gehabt, den Wendel, das einzige, was niemand recht verstand, war seine Angst, er sei ein großer Sünder. Im letzten Lebensjahr, erzählt die Ursula, sei er fast jeden Abend am Tisch gesessen und habe halblaut vorgelesen aus der Zeitung, doch immer nur die Unglücksfälle und Verbrechen. Er habe eine Meldung vorgelesen und dann zu ihr gesagt: Ich habe damit nichts zu tun, ich bin nicht schuld, ich hab ein Alibi, das kannst du doch bezeugen, es ist nicht schön, daß man jetzt wieder mich verdächtigt. – Kein Mensch verdächtigt dich, hat Ursula gesagt, kein Mensch. – Doch doch, sagt er, mir bleibt das nicht verborgen. – So geht's. Und wenn halt einer wirklich nicht mehr will, so kann ihn niemand halten, und alle Liebe prallt dann an ihm ab, er glaubt sie nicht, er spinnt sich ein, sein Herz vergletschert unter den geschlossnen Poren, und selbst die Sonne scheint ihm kalt und steigert seinen Trübsinn, und ich begreif das alles. Ob Ziegel oder Traubenbeere, jedes verfluchte Ding auf Erden will nichts als fallen, und jeden Katzenschiß zieht's abwärts, und nur wir Menschen fühlen uns verpflichtet, uns ständig ins Gesäß zu zwicken, damit der schwere Schädel nicht zu Boden plumpst. Es hat mich immer schon gewundert, daß einer, welcher absackt, noch Gründe dafür liefern muß im Gegensatz zu dem, der straff durchs Leben läuft.

Mir kann es gleich sein. Es ist auf dieser Welt noch dies und das verkehrt, mir kann es gleich sein, ich hab das Gröbste hinter mir, und es soll keiner meinen, der alte Thalmann klebe so am Leben wie ein Halm an einem trocknen Kuhdreck. Ich sag nur eins: Ich gehe gern, doch nicht in Frieden, ich schließe niemals Frieden mit diesem Stinkloch, und wenn ich sag, es kann mir alles gleich sein, so meine ich nicht Frieden. Den gibt es nicht, auch wenn sich fünfzehn Pfaffen um mein letztes Lager scharen, ich bleib dabei und sag: Hier riecht's verteufelt ranzig, ein Klumpen Schweineschmalz ist eure Welt, ich werd es oben melden. – Wer weiß, ob mich der Herrgott annimmt, ich habe oft mit ihm gezankt, und selten hab ich ihn begriffen, am wenigsten, als er mir Anna nahm, das liebe, gute Kind. Ich hab auch sonst noch dies und das getan, es gibt ja tausend Schlechtigkeiten in einem Menschenleben und soviel böse Ungeduld und soviel Wut auf Fliegen und auf Schnaken etcetera, man flucht, man lügt, man plagt, man schimpft und spottet, schmollt und blufft und quakt und lästert, man irrt und geizt und heuchelt undsoweiter, und letzten Endes ist man der gleiche Schandfleck wie jeder andre auch und hofft vielleicht vergeblich auf ein selig Ende. So will ich werden, hab ich als kleiner Knopf gesagt, grad so wie dieser Mann da in der Kinderbibel, der strahlt so schön und hebt die Hand und segnet alle. – So wirst du aber nie, du lieber Menzli, sagt mir die Mutter, und weißt du denn, was »segnen« ist? – Ich sage: Ja, das ist, wenn man den Leuten recht freundlich Salü sagt. – Das auch, sagt meine Mutter, doch »segnen« heißt noch mehr, es heißt auch schützen, lieben und vergeben. – Soviel aufs Mal? frag ich. Sie sagt: Ja, Menzli, ja.

Und sie hat recht gehabt, es ist mir nicht gelungen, so zu werden wie der Bibelmann. Ich strahle nicht und segne niemand, schon gar nicht diesen Weltlauf. Ich pfeif auf Weisheit. Ich pfeif drauf, hier zu sitzen auf dem Melkstuhl und jede Schurkerei mit Heilandslächeln zu quittieren. Wo führt das hin. Wo führt es hin, wenn jeder Schwachsinn, jeder miese Kabis zuerst geduldet, dann verziehen wird? Schau dich doch um, dann siehst du's. Lies Zeitung. Höre Radio. Alles lädiert. Saustallgeplapper und Reportagen aus der Güllengrube, dazwischen Fußball, fertig. Und wenn man dann im Löwen hockt und sagt, wie's wirklich ist, dann heißt es: Bist ein Sauertopf, wir sind zum Jassen hier, kannst deine Referate deinen Kühen halten. – Und Mäder sagt zu Feusi: Laß doch den Geißbock meckern. – Wir haben, sagt der Mosimann, wir haben Frieden, und niemand nagt am Hungertuch, was willst du mehr, und was den Wald betrifft, so ist auch früher mancher Baum verreckt, nur hat's deswegen kein Geplärr gegeben. – Die Wirtin ruft: Der Klemens möchte mit der Mesmerin im Wald spazieren undsoweiter, drum braucht er dichtes Laubwerk! – Ich sag: Du altes Huhn, und sie entgegnet: Das gibt die beste Suppe! – Und alles lacht. Und alles lacht, man teilt die Karten aus und spielt und trinkt und lutscht am Stumpen, und später wird noch dies und das gesungen, holde Wirtin, schenke ein, Frohsinn soll die Losung sein, die Nasen werden rot, die Blicke feucht vom Wein und von der Wehmut, und hopsa, Liseli, lupf dein Bein, sonst kommt der Hansli nicht hinein. Dann gute Nacht.

Es fällt mir immer schwerer. Ich geh jetzt nicht mehr hin. Ein Scherz, ein Glas, ein Lied, ein Stumpen und zwei Zötchen, weiß Gott, ich habe nichts dagegen, und trotzdem ist es mir, sobald ich dann im Bett lieg, so seltsam bang, so flau wie einem Kind, das lügt. Ich schlafe schlecht, ich träum von Anna, ich sehe ihren kahlen Kopf vor mir und ihre dunklen Wimpern, Vater! schreit sie, es regnet Grimm auf mich, gib mir doch Trost. – Ich steh gelähmt, und sie verwelkt vor meinen Augen.

Anna. Das ganze Elend ihrer letzten Wochen ist in mich eingesickert, ich trag's herum mit mir seit vierundzwanzig Jahren, ihr Sterben hat mich krumm gemacht und unversöhnlich auch allem andern Unrecht gegenüber. Ich hab damals im stillen selbst die Gret gehaßt für ihre Unterwürfigkeit, sie badet sich in Bibelsprüchen, hab ich gedacht, und küßt noch dankbar jene Hand, die unser armes Kind beim Nacken packt und gnadenlos zu Tode schüttelt. Auch Anna selbst ist fromm geblieben bis zuletzt und hat fast nie geklagt und hat gesagt: Er schlägt wohl Wunden, doch er heilt sie auch. – Gar nichts hat er geheilt und hat sie leiden lassen, und sie ist magerer geworden von Tag zu Tag, und alle Haare sind ihr ausgefallen. Sie hat das Grauen der Besucher klar gespürt, sie hat gelächelt, und dieses Lächeln hat ihr Gesicht noch mehr entstellt und jedes Trostwort abgewürgt. So schön ist sie gewesen, so frisch, und Knüsel August hat gesagt: Klemens, ich übertreibe nicht, ich stand im Schuldienst dreiundvierzig Jahre lang und sage dir: So hell wie deine Anna, so klug und eigenwillig war kein andres Kind in meinen dreiundvierzig langen Lehrerjahren.

Gescheite Kinder sterben früh, sagt man, und am Dreikönigstag, am sechsten Januar des Jahres neunundfünfzig, bekommt die Anna Zahnfleischbluten, das dauert einen Tag und eine Nacht. Wir schicken sie zum Doktor, der schickt sie ins Spital, dort heißt es: Leukämie. Was ist das? fragen wir, sie sagen: Eine Blutkrankheit, es gibt nur wenig Hoffnung. – Und man hat sie behandelt, und sie ist blaß und schwach geworden und magerer von Tag zu Tag und hat gesagt: Laßt mich nach Hause, laßt mich heim. – Wir haben ihr das Sofa hergerichtet in der Stube und haben sie gepflegt zwölf Wochen lang, und ihre blauen Augen sind hell und warm geblieben bis zum letzten Tag, bis zum Sankt-Markus-Tag, dem fünfundzwanzigsten April. Seit eh und je ein schwarzes Datum, und noch mein Vater selig hat gesagt: Sankt Marks bringt Args. – Sie ist am frühen Morgen schon merkwürdig munter, und ihre eingefallnen Wangen sind ganz rot. Sie setzt sich auf und sagt zu mir: Ich bin gesund und hätte gern ein Spiegelei und eine halbe Zwiebel. – Ich frag verdutzt: Zum Essen? – Sie sagt: Zu was denn sonst, du liebes Väterlein, heut geht das Leben wieder los. – Ich bring ihr das Gewünschte, dann renn ich in den Stall und melke fiebrig meine dreizehn Kühe und denk: Es gibt zwei Möglichkeiten, die eine ist das Wunder, die andere der nahe Tod, Herrgott im Himmel, hilf ihr auf die Beine, mach sie gesund, vollbring das Wunder. Und wie ich gegen acht Uhr aus dem Stall komm und in die Stube schau, da liegt sie still und leichenblaß in ihren Kissen, und Gret und Myrta kauern neben ihr und streicheln ihr die Hände und die Stirn, und Anna atmet schwach. Ich tret ans Bett, und Anna öffnet ihre Augen, schaut mich an und fragt: Ist es schon zehn? – Ich sage: Nein, es ist erst acht. – Sie seufzt und schließt die Augen wieder. Gret sagt zu Myrta: Hol den Pfarrer. – Ich sag: Ach was, den Doktor brauchen wir. – Gret flüstert: Klemens, bitte, ich spüre, daß sie uns verläßt. – Ich sag: Ach was, das ist nur eine Krise, vor knapp drei Stunden hat sie noch Appetit gehabt. –

Und Anna lächelt und sagt leise: Ich bin ein Schwälblein.

Um neun Uhr kommt der Pfarrer Boll, ein alter frommer Herr, ein bißchen steif, zeitlebens abstinent, sonst senkrecht und in Ordnung. Im Jahre achtunddreißig hat er sie getauft und vierundfünfzig konfirmiert, ihr Bibelwort ist eingerahmt und hängt bis heute in der Stube. »Süß ist dem Auge das Licht, und köstlich ist es, die Sonne zu schauen.« Der Pfarrer geht hinein zu Anna, und Gret und ich, wir warten in der Küche. Nur Myrta bleibt am Bett. Anna ist wach. Er spricht mit ihr. Er tröstet. Sie sagt: Ich hätte gern einmal so richtig wild herumgeküßt. – Er sagt: Wir wollen beten. – Er betet. Sie wird matter. Anna, fragt er, hast du noch irgendeinen Wunsch? – Sie öffnet nochmals ihre Augen, denkt lange nach und sagt ganz laut und deutlich: Ja, ein Bier. – Und Pfarrer Boll schaut sie entgeistert an und stammelt: Mein liebes Kind, besinne dich, das ist dem Herrn nicht wohlgefällig. – Und Anna reißt die Augen auf und flüstert Unverständliches und stirbt. Sie stirbt punkt zehn.

So geht's. Mit einundzwanzig Jahren muß sie ab der Welt. So hat der Herrgott sich bedankt für ihre Frömmigkeit. Die Reinen schlägt er tot, die Sünder läßt er laufen, hab ich zu Gret gesagt. Sie sieht mich an, halb bös, halb traurig und entgegnet: Er ist allmächtig, verwirf nicht seine Zucht. – Und jetzt verliere ich die Nerven und zische: Doch, ich verwerfe sie, ich pfeif und scheiße drauf, bigotte Tante du. – Dann haben wir geweint, und abends hab ich Annas Grab gemacht, und im Holunderbusch sang eine Amsel, und anderntags, um elf Uhr morgens, betten wir das Kind zur letzten Ruhe.

Vier Jahre später ist dann Gret gegangen. Herzversagen. Du schläfst, erwachst, stehst auf und stirbst und fertig. Und eigentlich kann jedes Herz zu jeder Zeit den Geist aufgeben. Und jedes heißt: Auch meins. Ich bin jetzt neunundsiebzig. Es ist nicht Angst. Ich faß es einfach nicht. Ich sage: Sonnenklar, auch ich kratz ab. Das sagt ja jeder, auch wenn's bei jedem fast so tönt, als hätt er's irgendwo gelesen und gelernt. Und letzten Endes glaubt man nicht so recht daran und sieht sich nicht als Leichnam, nicht als Skelett, noch weniger als Staub und Moder. Der Kopf sagt: Ich kratz ab. Und das Gefühl sagt: Mir passiert das nicht, zwar lebe ich nicht ewig, doch bis auf weiteres, und überhaupt.

Paul war ja Friedhofgärtner und kannte dort die Leute und hatte freien Zugang zum Krematorium. Guckfenster gibt's, hat er gesagt, durch die wird die Verbrennung überwacht. Fünftausend Grad, wenn ich nicht irre, hat er gesagt, und innerhalb von vier Sekunden ist der Sarg verschwunden und verglüht, und jetzt siehst du den Toten, er krümmt sich, manche stehen auf, man hält das nicht für möglich, sagt Paul, sie stehen aufrecht da, und ihre Arme bewegen sich, als ob sie dirigierten, es ist die Hölle, es ist unfaßbar, und alle Angestellten sagen: So ist das Leben.

Steh ruhig, Stern, sei froh, daß dich zwei Menschenhände melken und nicht vier kalte Zitzenbecher aus Blech und Gummi. Ich bin der einzige im Dorf, der's noch von Hand macht. Wenn mir die Glocken läuten, kommt ihr an die Maschine oder in die Metzg. So ist es heute, was Zeit braucht, ist vorbei. Früher hat man gesagt: Gut Ding will Weile haben, und heute schwört man auf die Eile, und darum sterben alle guten Dinge aus. Was Zeit braucht, lohnt sich nicht, sagt man, und dieser Glaube färbt auf alles ab, sogar auf die Erziehung, auf die Liebe und auf die Landwirtschaft. Sie jagen mit den hundertpferdigen Traktoren auf dem Feld herum, und ihre Mähdrescher sind Tag und Nacht im Einsatz, und wer sich eine Pause gönnt, sieht schon den Pleitegeier. Der Schnellste ist der Beste, es ist bekannt, und die Natur wird täglich mehr verhudelt und verhunzt, es ist bekannt, und schließlich stehn die Menschen auf dem nackten Erdball und grinsen sich verdattert an und sagen: In Gottes Namen, amen. – Und auf dem großen Grabstein kannst du die Inschrift lesen: Hier ruht ein flinkes Volk, es hat viel Zeit gespart.

Ich will ja nicht behaupten, man solle lahm und träg wie eine Winterstubenfliege sein. Ich frage nur: Wo bleibt, wenn dir dein Stündlein schlägt, die Zeit, die du gespart hast? Zählst du sie dann zusammen und schleppst die Rechnung mit nach oben? Ich frag: Hast du so viel davon, wenn du dir auf dem Totenbett noch schmeicheln kannst, du seist viel hurtiger ans Ziel gerannt als deine Konkurrenten? Meinst du, daß dein Gehetz dem Herrgott imponiert, meinst du, daß sich die Maden, die dich fressen, vor Ehrfurcht krümmen, nur weil du atemlos durchs Leben saustest?

Nein. Der Mensch lebt falsch, ich glaub, fast jeder spürt das, auch wenn ihm von Geburt an eingetrommelt wird, daß dieses Falsche das Rechte sei. Ein kleiner Funke bleibt in jedem, nur gibt's kein Freudenfeuer draus, es fehlt der gute Wind, naßkalter Plunder liegt auf diesem Funken, das führt zu Rauch, und der vernebelt unsre Sinne und macht die Seelen rußig. Fast jeder spürt's, fast keiner ändert es. Der Mut zum Feuer schrumpft allmählich ein, die schwarze Kruste wächst und wird zur Wohnung. So geht's. Und eines Tages liegst du auf dem Totenbett, und deine Zukunft ist ein Häuflein Staub und die Vergangenheit ein Murks.

So, Stern, das wär's. Noch leben wir. Ich melke, du gibst Milch, noch wird gelebt. Ich nehm es, wie es kommt. Als nächstes miste ich, und gegen acht gibt's Milchkaffee, dann lese ich die Zeitung, und irgendwann stehn sie um mich herum und singen laut »O selig, wer auf Gott vertraut!« und denken: So, nun hat er ausgezappelt.